Miguel Delibes

La hoja roja

Miguel Delibes

La hoja roja

Ediciones Destino
Colección
Destinolibro
Volumen 151

© Miguel Delibes
© Ediciones Destino, S.A.
Consejo de Ciento, 425. 08009 Barcelona
Primera edición: mayo 1959
Primera edición en Destinolibro: septiembre 1981
Segunda edición en Destinolibro: octubre 1983
Tercera edición en Destinolibro: noviembre 1984
Cuarta edición en Destinolibro: febrero 1986
Quinta edición en Destinolibro: noviembre 1986
Sexta edición en Destinolibro: abril 1987
ISBN: 84-233-1142-2
Depósito legal: B. 14643-1987
Impreso y encuadernado por
Printer industria gráfica, sa
C.N. II   08620 Sant Vicenç dels Horts, Barcelona
Impreso en España – Printed in Spain

Esta novela fue escrita con ayuda de la Fundación March, a quien el autor expresa por estas líneas su reconocimiento.

I

Por tercera vez en la vida el viejo Eloy se erigía esta
noche en protagonista de algo. La primera fue
cuando su boda; la segunda cuando su intervención en
la Sociedad Fotográfica allá por el año 1933. Tres
años antes su amigo Pepín Vázquez le dijo un día
aquella cosa tremenda de que la jubilación era la
antesala de la muerte. Pero, en 1933, Pepín Vázquez
ya se había largado al otro mundo sin necesidad de
guardar antesala.

En puridad, los mejores ratos de su vida los pasó
el viejo Eloy con sus amigos de la Sociedad Fotográfica. A Pacheco, el óptico, su Presidente, le decía:
"Pacheco, si desearía ser rico es por la fotografía. Hoy
día la fotografía es un lujo". Mas el viejo Eloy nunca
logró pasar de aficionado. Una vez, allá por el 1932,
cuando Leoncito, el chico, ganó las oposiciones, se
mercó una "Contax" a plazos, con una luminosidad
de lente 3,5 y entonces advirtió su sensibilidad, su buena disposición para la plástica. Obtuvo alguna fotografía de mérito y se dio de alta en la Sociedad. Le
atraían los problemas técnicos y asistía con avidez a
las conferencias y las proyecciones.

Un día, Pacheco, el óptico, le dijo de improviso:
"Don Eloy, el domingo actuará usted". Él se sintió

abochornado. Dijo: "No tengo nada que valga la pena, hijo". Pero Pacheco sonreía: "Lo dicho", dijo. Insistió él, tenuemente: "Me explico mal y tengo poca voz". Sin embargo a Lucita le cayó en gracia la cosa. Lucita, su mujer, nunca debió casarse con él; debió hacerlo con un hombre un poco más decorativo. Él la hizo vivir en un plano de extremada modestia. En realidad, el viejo Eloy vivió 36 años junto a Lucita, pero jamás llegó a comprenderla del todo. Aquel domingo, al regreso de las proyecciones, Lucita le dijo: "Para ese papel, más hubiéramos adelantado quedándonos en casa". Él apuntó tímidamente: "Ya le advertí a Pacheco; yo no tengo ingenio ni tengo voz, pero él se obstinó". Dijo ella irritada: "No basta con decirlo".

El viejo imaginaba que tal vez la fotografía pudiera llenar el hueco de su jubilación. Se analizó detenidamente en la gigantesca luna y mentalmente se dio el vistobueno. Vestía el traje rayado que le confeccionara Téllez, el sastre real en 1941, y la corbata de piqué agrisada que Lucita le regalara allá por el 1943. Mauro Gil, su compañero de negociado, le había dicho la víspera: "Asistirá el señor Alcalde, don Eloy; él siempre le ha distinguido". Y él, ahora, se observó con ojos críticos, con ojos inquisitivos de señor Alcalde. Pareció satisfecho de su inspección. Tan sólo los zapatos negros, cargados del lado derecho, le azoraban un poco. Quince años arriba, cuando aún el frío no se asentara en su cuerpo, el viejo sudaba por los pies y deformaba el calzado. Ahora el zapato izquierdo le lastimaba levemente en el empeine: "En cuanto los caliente cederá — se dijo —. Además, nadie tiene por qué mirar debajo de los manteles". Dio media vuelta y con lento ademán extrajo el pañuelo del bolsillo. Le brillaban tenuemente los ahujeritos de la nariz en los bordes anteriores. El viejo se limpió sin sonarse, plegó el pañuelo y lo guardó de nuevo. Luego se asomó al pasillo y llamó:

—¡Desi!

—¡Señorito!

Le alcanzó la voz inflamada de la muchacha antes de que su rostro obtuso, de tez renegrida y frente cerril, traspusiera la puerta de la cocina:

—¡Ave María! — la chica hizo un borroso ademán, como si se persignase.

—¿Ocurre algo, Desi?

La muchacha sonrió y al sonreír se acentuó su expresión elemental.

—Ande y que tampoco se ha puesto usted chulo. ¿Va de fiesta? — dijo.

—Algo parecido a eso — respondió el viejo —. Voy a que me den el cese.

—¿El cese?

—El retiro, hija.

—¿El retiro?

—Es la ley.

—¿Qué es la ley, señorito?

El viejo carraspeó banalmente:

—Bueno, supongo que la ley es eso que se ha inventado para que los hombres no hagamos nunca lo que nos da la gana. ¿Me explico o no me explico, hija?

Ella levantó los hombros y sonrió. Tenía un aire desgalichado y torpe con la pobre bata que apenas la ocultaba las corvas, las pinzas en la cabeza y las manos rojizas, hinchadas como sapos, desmayadas sobre el vientre:

—¿Es mala la ley, señorito?

El viejo se arropó en el abrigo y se cruzó la bufanda sin responder. En determinados momentos, la curiosidad de la chica le irritaba. Dijo desde la puerta:

—Cuando sepas leer aprenderás todas esas cosas, Desi — dijo, y añadió —: No ·me esperes, hija, regresaré tarde.

Perdido en la noche urbana, pensó de nuevo en Lucita y en sus paseos vespertinos, cuando él analizaba críticamente las bocas de riego y las papeleras públicas y los rincones con inmundicias y ella le regañaba: "No estás trabajando ahora, Eloy; ésas son cosas de ellos". "Ellos" eran el señor Alcalde y los Concejales. Pero el viejo jamás se desentendía, en ninguna coyuntura, de su condición de funcionario municipal, aunque luego Carrasco, su compañero de Negociado, le mortificase levantando el dedo índice y echándole en cara que él entró en la Corporación de gracia, en tanto ellos, los jóvenes, hubieron de someterse a las inciertas peripecias de una oposición.

Lucita, su mujer, le decía: "Deja quietas las basuras, Eloy, o no vuelvo a salir de casa". Mas su vocación era más fuerte que él mismo y sus paseos recataban siempre el objetivo de las necesidades municipales. Una tarde, el viejo Eloy se detuvo en la Plaza Mayor, con una sonrisa complacida colgándole de los labios. "¿Qué?", inquirió Lucita, siempre en guardia. Él la mostró las nuevas carretillas de la limpieza y los escobillones de brezo. Dijo orgullosamente: "Mujer, hemos estrenado material". Lucita, su mujer, tampoco le comprendió entonces. Chilló enojada: "¡Por Dios bendito, Eloy! Deja de pensar en las basuras o me volverás loca".

El tío Hermene, con quien el viejo, cuando aún no

era viejo, convivió unos años, le decía que su afición por los asuntos municipales le venía de atrás, ya que su padre, cuando todavía no era su padre, se dirigía frecuentemente al diario local demandando civilidad. A veces el tío Hermene, que era un hombre mollejón y sedentario, le mostraba al viejo, cuando todavía no lo era, algún periódico amarillento de los últimos años del siglo. Había un recorte, en particular, que el tío Hermene leía con fruición e indefectiblemente, al concluir de leerle, decía: "Esto podría firmarlo Cervantes". Pero no lo firmaba Cervantes sino Eloy Núñez y concluía así: "¿No hay disposición que determine cuándo deben verificar la operación los encargados de verter las tradicionales ollas de la basura sin ofender uno de los cinco corporales sentidos de los transeúntes en la primeras horas de la noche?". El padre del viejo, al decir del tío Hermene, tuvo dotes de literato, pero los Núñez siempre malbarataron su talento.

Mauro Gil, su compañero de Negociado, le esperaba junto a la botica de Diéguez. Enfrente había nacido un nuevo anuncio luminoso: "Gaspar, Droguería-Perfumería", que teñía el pavimento de un estremecido resplandor rojizo. Mauro Gil era un muchacho concienzudo y cabal, de una gravedad austera, que le había dicho la víspera: "Asistirá el señor Alcalde, don Eloy; él siempre le ha distinguido". Mauro Gil era uno de esos muchachos ejemplares que sólo ven en su mujer la madre de sus hijos y recortan sus ambiciones a la medida del escalafón de funcionarios. Y si Carrasco formulaba en la oficina una de sus ideas revolucionarias, como por ejemplo, que el Montepío era un robo, allí estaba Mauro Gil para atemperarla, afirmando que no sólo no era un robo el Montepío, sino que era una hucha. Mauro Gil tenía la piel grisácea como si su carne empezara a descomponerse, y vestía ropas oscuras porque, según él, las ropas claras eran tan incivilizadas como el hecho de deambular por las calles dando gritos o cantando a pleno pulmón.

Frente al bar "Laureano" se estacionaba un pequeño grupo y el viejo se apresuró y le dijo a Gil:

—Ya están ahí los de Arbitrios. Confío que el señor Alcalde no haya llegado aún.

Pero el señor Alcalde ya estaba en la sala, sentado a la mesa dispuesta para el banquete, y al ver al viejo se incorporó y fue hacia él y el viejo vaciló porque, a pesar de su experiencia, nunca supo la manera discreta de comportarse frente a una autoridad al margen del ejercicio de sus funciones, y fue y tendió una mano humilde y fría, surcada de abultadas venitas azules, pero el señor Alcalde hizo caso omiso y le oprimió a todo él, entero, filialmente, contra su pecho:

—Creí que nos la jugaba, don Eloy — dijo envolviéndole en una ancha y campechana sonrisa.

El viejo, al sentarse a la mesa entre el señor Alcalde y don Cástor, el Jefe del Negociado, saludó a todos amistosamente con la mano y bebió dos buches de vino blanco para entonarse. La presencia de Carrasco, frente a él, le mortificaba. Mas cuando repartieron las viandas y bebió otro buchecito de blanco, empezó a burbujearle dentro una euforia casi agresiva. Y para entrar en conversación, le dijo al señor Alcalde "que esperaba que todo eso del arrendamiento del Servicio de Limpieza no pasara de ser un rumor, porque tenían, desgraciadamente, una triste experiencia reciente". El señor Alcalde asintió, mientras despachaba las viandas a dos carrillos y don Cástor, el Jefe del Negociado, convino en que "lo del 48 fue un ensayo deplorable y que sujetar toda la plantilla a la Legislación laboral suponía un enredo diabólico".

Carrasco, frente al viejo, elaboraba bolitas de miga de pan y las hacía rodar despiadadamente sobre el mantel. El viejo sabía que Carrasco quería decirle "pelotilla" pero no hizo caso y cambió de vino; sorbió un buche de tinto de la tierra porque, además, tornaba a mortificarle la frase de Pepe Vázquez de que la jubilación era la antesala de la muerte. Como a través de una niebla oía hablar a su derecha de los platillos volantes y a su izquierda de una revisión de sueldos y jornales y entonces pensó en Goyito, su hijo menor, que se fue a los 22, como Vázquez, sin guardar antesala, y voceó para ofuscarse: "Dentro de cinco años viajaremos a la luna como si tal cosa". Pérez Ballester, el auxiliar de Arbitrios, le señaló con el pulgar y dijo: "Mira el abuelo", pero el señor Alcalde reconoció que, en efecto, la era atómica podría revolucionar muchas cosas y, entre ellas, la higiene urbana. Martinito, el del coche-manga, exultó: "Los platillos volantes regarán las calles". Y don Cástor se mordió el labio inferior porque Martinito cuando regaba el parque solía aprovecharse para pasear a los chicuelos en el coche-manga por dos reales y la Corporación le había reconvenido reiteradamente por ello.

A poco, el señor Alcalde golpeó discretamente el hombro de don Cástor por detrás del viejo, y don Cástor se incorporó y dijo con su voz destemplada, a causa de las cuerdas vocales que se le averiaron cuando el tifus, "que despedían esta noche a don Eloy, pero no le decían adiós sino hasta luego y que don Eloy después de cincuenta y tres años ininterrumpidos de servicio encontraría siempre su casa en la Corporación porque por mucha que fuese su fuerza, la ley nada podía contra el sentimiento, y que había dicho".

A don Eloy le estimuló la efusión de don Cástor y el fervor de las palmadas de sus compañeros y, al invitarle el señor Alcalde a pronunciar unas palabritas, se puso en pie levemente encorvado, carraspeó banalmente, se frotó la punta de la nariz con la punta del pañuelo y dijo con una punta de voz que cuando acudía a este acto le vino a las mientes el día que la Corporación estrenó carretillas para la limpieza y escobillones de brezo, y que él se detuvo y le dijo a su señora: "Mira, Lucita", porque Lucita era el nombre de su señora, y que su señora se irritó y le dijo que olvidara de una vez las basuras o la volvería loca. Pero él pensaba en las basuras porque un buen funcionario debe pensar en sus funciones a toda hora y no sólo en las del servicio y que cuando le dijo a su señora: "Mira, Lucita", mostrándola un escobillón de brezo lo hacía con el mismo entusiasmo con que le hubiera mostrado un cepillo de dientes recién adquirido.

Carrasco rodó una nueva bolita de miga de pan sobre el mantel, y el viejo cerró los ojos y se agazapó tímidamente tras el hombro de don Cástor. El señor Alcalde aprovechó la pausa para cambiar de postura; pero, a medida que el viejo hablaba, su sonrisa condescendiente se iba trocando en una mueca ambigua. Y cuando el viejo repitió por tercera vez que un buen funcionario debía demostrar su condición a toda hora, porque la oficina debía ser la prolongación del hogar y el hogar la prolongación de la oficina, la mueca ambigua del señor Alcalde se fue trocando en un gesto de impaciencia.

La voz del viejo era un bordoneo monótono. El viejo Eloy se sentía como en trance. Jamás, ni en su matrimonio, tuvo a nadie pendiente de sus palabras y, en su excitación, no advertía el cruel carraspeo de Martinito, el del coche-manga; ni la sonrisa reticente de Carrasco; ni la ostentosa manera de apretarse el nudo de la corbata de Pérez Ballester, el auxiliar de Arbitrios; ni los reprimidos bostezos de don Cástor, el jefe del Negociado; ni el "flash" del fotógrafo ametrallándole a quemarropa; ni, tan siquiera, los golpecitos impertinentes que el señor Alcalde propinaba en la arista de la mesa con el pequeño envoltorio que había extraído del bolsillo de la americana. Y el viejo porfió que hoy día los jóvenes consideraban el trabajo como una maldición y que un buen funcionario se manifiesta antes en el asueto que en el servicio y que el día que él le mostró a su señora los nuevos escobillones de brezo lo hacía con un entusiasmo tan sincero como si la mostrase...

El señor Alcalde desenvolvió el pequeño paquete y, al concluir, oprimió ruidosamente el papel de la envoltura. El viejo pareció despertar de súbito y posó sus pupilas fatigadas en las manos nerviosas del señor Alcalde, y el señor Alcalde consultó el reloj y, entonces, el viejo Eloy carraspeó banalmente, se pasó el pañuelo por la punta de la nariz y dijo que, para terminar, sólo quería decir que él siempre vio en la oficina una prolongación del hogar y en el hogar una prolongación de la oficina y que, al dejar la Corporación, se sentía como si le hubieran puesto los muebles en la calle y que, en lo sucesivo, siempre que divisase el coche-manga, o bien el recoge-perros, o bien el carro-volquete, su corazón se iría tras ellos, porque para él el carro-volquete, o bien el recoge-perros, o bien el coche-manga, eran como su propio ser y que no quería molestarles más y que había concluido.

El señor Alcalde se incorporó con desgana, frenando en flor los desganados aplausos de la concurrencia, y sin dar tiempo a que el viejo plegara el pañuelo que acababa de pasarse por el extremo de la nariz, extrajo del estuche que acababa de desempaquetar una medalla de plata y se la impuso al viejo, al tiempo que decía formulariamente:

—El señor Ministro ha considerado que su abnegación durante cincuenta y tres años ininterrumpidos de servicio le hace acreedor a esta distinción que yo le impongo en su nombre.

Le propinó una palmadita en la espalda, sonrió acremente, unió sus manos tres veces sin efusión, consultó de nuevo su reloj de pulsera y dijo confidencialmente al viejo: "Ha sido un acto sencillamente conmovedor".

Todos se pusieron en pie y el viejo que se disponía a agradecer la recompensa se conformó con sonreír y asentir dos veces con la cabeza. El señor Alcalde se colocó apresuradamente el gabán, el sombrero y los guantes y, al momento, todos le imitaron. En la puerta, Martinito, el del coche-manga, le palmeó los hombros al viejo Eloy y le guiñó un ojo: "Que la duerma usted bien, don Eloy", dijo. Y todos rieron. Y entonces, se aproximó Pérez Ballester, el auxiliar de Arbitrios, y dijo: "Que descanse; bien a gusto se habrá quedado usted". Y el viejo asentía sonriente y se dejaba estrujar pasivamente sus azuladas manos temblonas y así desfilaron todos y, finalmente, Carrasco le abrazó con burdos aspavientos y le dijo: "Resumiendo, viejo, que tú te quedas sin plaza como yo me quedé sin padre". Y rompió en una carcajada, pero ya el grupo se disgregaba y volvió a descender sobre el viejo el frío, un frío extraño que le nacía dentro del cuerpo y se ramificaba luego por las venas y los músculos y los nervios para escapar a la noche a través de la piel. Se cerró la bufanda y carraspeó y el foco de la calle arrancó de la puntita de su nariz unos vivos destellos. Una fina neblina, aún sin cuajar, ascendía del cauce del río y el fondo de la calleja era como un tabique brumoso. Oyó las pisadas de sus compañeros perderse en la distancia y cuando Mauro Gil le oprimió el brazo por detrás volvió la cabeza sobresaltado:

—¡Ah, es usted! — dijo sonriente.

—El acto ha resultado simpático. Le felicito por su discurso, don Eloy — dijo Mauro Gil.

—Vaya — dijo el viejo y añadió tras una tímida sonrisa —: ¿Cree usted... cree usted, de verdad, que estuvo bien?

La humedad ablandaba el ruido de sus pasos sobre el asfalto:

—Estuvo, bien, ya lo creo — agregó Mauro Gil —. En casos así, lo oportuno es dejar hablar al corazón. Usted dejó hablar al corazón, don Eloy y todo resultó bien. Es decir, todo resultó bien menos la metedura de pata de Martinito. Nunca debieron dejar venir a esa gente.

El viejo Eloy alzó el cuello del gabán para ocultar su satisfacción. Se sentía íntimamente halagado, como un niño que acabara de ser objeto de una mención honorífica. Dijo, de pronto, deteniéndose, tocando levemente en un brazo a Mauro Gil:

—Es posible que bebiera demasiado, pero yo traté de hablar con el corazón. Otra cosa no, pero yo creo que lo que dije es cierto porque hablé con el corazón, eso es.

Observaba a Gil con concentrada insistencia y Gil reinició la marcha tratando de arrastrar al viejo en pos de sí, pero el viejo Eloy apenas avanzó unos pasos tornó a detenerse y a mirar a Gil y dijo de súbito:

—¿Sabe usted lo que decía mi amigo Vázquez allá por el año treinta y mire que ya ha llovido?

—¿Qué? — dijo Gil.

El viejo carraspeó:

—Vázquez decía que el retiro es la antesala del otro mundo, ¿qué le parece?

Mauro Gil se impacientaba. De nuevo trató de reanudar la marcha, mas la leve presión de la mano del viejo en su antebrazo le obligó a detenerse. Contempló sus ojos gastados:

—¡Bobadas! — dijo. Mas como el rostro del viejo vacilase, añadió con calor —: ¡Tonterías!

El viejo Eloy pareció animarse:

—Eso pienso yo. El mismo Vázquez se fue sin guardar antesala. Y ya ve usted, mi hijo Goyito, el segundo, a los veintidós.

Eran como dos sombras espectrales entre la bruma, erguidos en la plaza solitaria. El viejo constató que algo insidioso le reptaba por la garganta y, al fin, confesó:

—Puede que Vázquez exagerase — dijo —, pero de todas maneras a mí me ha salido la hoja roja en el librillo de papel de fumar (1), eso es.

(1) *N. del E.* — Los libritos de papel de fumar para envolver el tabaco suelen incluir, en España, una hoja roja, en la que se advierte al
usuario: "Quedan cinco hojas".

Había en sus pupilas estremecidas un transfondo de complacencia. Añadió con un hilo de voz:

—Quedan cinco hojas.

Se dejó arrastrar por Gil que le había tomado de un brazo. El viejo Eloy se movía a trompicones, ofreciendo una resistencia instintiva, mas cuando iba a insistir en su punto de vista, Gil le cubrió con sus palabras:

—Bobadas. Hoy un hombre a los 70 no es un viejo, métaselo en la cabeza, don Eloy. La ley dijo setenta como pudo decir noventa. El retiro es un premio. Hoy un hombre a los setenta no es un viejo. Usted ahora podrá dedicar su tiempo a lo que le plazca; a sacar fotografías, por ejemplo.

Mientras brincaba sobre el pavimento, el viejo Eloy observaba de reojo a su compañero cuya piel cetrina, debido, sin duda, a la tirantez muscular de la vigilia y a la luz mortecina de los focos, asumía una apariencia cadavérica. La presión de la mano de Gil era cada vez más firme en su antebrazo. Ante el portal de su casa cedió y el viejo Eloy aprovechó el momento para restregarse blandamente la nariz con el pañuelo. La idea de encerrarse a solas en su habitación le producía pavor. Dijo para ganar tiempo, tercamente:

—Quedan cinco hojas, Gil, convénzase.

Las llaves tintineaban en sus manos temblonas. Entonces Gil, para reanimarle, le tomó por los hombros y dijo:

—Ganas de hablar. Después de dormir pensará usted de otra manera. Es la cena y el vino y la medalla y todo. Que usted descanse, don Eloy.

Mas no había llegado a la esquina cuando sintió pasos tras sí. El viejo Eloy trotaba torpemente por la calle en penumbra y al llegar a su altura jadeaba penosamente y le sonreía como pidiendo indulgencia. Guardó las llaves en el bolsillo y dijo anhelante:

—Si no le importa, Gil, ahora le acompañaré yo a usted. He cenado demasiado. Me vendrá bien dar un paseo, creo yo.

II

En la casa, del siglo pasado, se abría verticalmente un patio de luces de aspecto siniestro al que las voces y risas espontáneas de las chicas de servicio imprimían una alegre vivacidad. Para la Desi, la muchacha, aquel patio constituía una importante razón de existir. Diariamente pasaba varias horas acodada en el hierro del balcón, charlando con sus compañeras. Esto solía acontecer por las tardes, cuando el viejo salía de paseo con su amigo, el señorito Isaías. Y, a veces, la Marce, su amiga, la del tercero, la voceaba: "Vamos, maja, que a cualquiera que le digas que por cuarenta duros sigues amarrada al viejo no te lo cree".

La Marce, su amiga, la del tercero, acostumbraba a meter la nariz donde no le importaba. La Marce, por ejemplo, afirmaba que el viejo estaba lleno de rarezas pero lo decía con retintín y arrugando el morro como si en lugar de rarezas el viejo estuviera lleno de miseria. Pero la Desi sabía que todo el mundo tiene sus cosas y la misma Marce, después de dar media docena de vueltas por el andén principal del parque las tardes de los domingos, había de sentarse en el bordillo de la acera, así fuese diciembre, porque tenía los pies planos y los zapatos la lastimaban.

Después de todo el viejo no estaba más lleno de

rarezas que cualquier otro mortal y, por si fuera poco, las rarezas del viejo no trascendían y a la Desi no la quitaban el sueño. Así, el que el viejo fuese friolero y superpusiera a la colcha los pantalones, el chaleco y la americana; o que durmiera con la faja y los calcetines puestos; o que permaneciese arrodillado durante media hora después de las comidas para facilitar la digestión; o que pasara los domingos soleados en el balcón tirando fotografías sin película, o que, en suma, en primavera y verano, madrugase con el alba para hacer de vientre en la espesura del parque, eran cosas que no ofendían a nadie y que a nadie perturbaban. Peor sería que al viejo le diera por pasear descalzo una hora al día por las baldosas humedecidas del cuarto de baño para descongestionar la cabeza, como hacía el señorito de la Tasia, o, simplemente, por salir al café después de cenar como hacía el señorito de la Marce. Claro que el señorito de la Marce no era viudo y ella no se quedaba sola en la casa aunque él marchase por las noches al café. La Desi, no hubiera pasado por esto, porque, aunque no era cobarde, desde niña temió la soledad de la noche. De ahí que la víspera encareciera a la Marce que bajase a hacerle compañía porque al señorito le iban a dar el cese y regresaría tarde. La Marce, como de costumbre, no se hizo de rogar, pero como el viejo se retrasara, al fin, la dejó sola con el siniestro crujido de los muebles y el acelerado tic-tac del reloj de la sala.

La Desi no recordaba unas horas como éstas. Entre que era corta de respiración, como decía la Caya, su madrastra, y que se cubrió con las ropas hasta el pelo anduvo varias veces a pique de ahogarse. Sin quererlo, la Desi pensaba en la Adriana, la resinera, la que apuñalaron una tarde de nieve a la entrada del monte, y en el Moisés, el mozo pelirrojo, que se achicharró la cara en el horno de achicoria y durante las noches de ánimas, cuando repicaban las campanas, recorría las calles del pueblo envuelto en una sábana asustando a la gente. Hubo un momento en que la Desi no distinguía el acelerado tic-tac de su corazón del acelerado tic-tac del reloj de la sala y entonces pensó gritar pero no lo hizo, y en lugar de eso, se acurrucó en el lecho y empezó a rezar. Llegó a decir 236 veces "Con Dios me acuesto, con Dios me levanto, con la Virgen de la Guía y el Espíritu Santo", pero cada vez que concluía, volvía a aparecérsele la Adriana, la resinera. Esto se repitió hasta que oyó el llavín del viejo en la cerradura y se quedó plácidamente dormida.

No es que ahora ella le reprochara a la Marce el dejarla sola. La Marce trabajaba como una burra y entre esto y los pies planos terminaba la jornada como unos zorros. Después de todo, la Marce se portó siempre con ella como una hermana y cuando Eutiquio, el guarda-jurado, encontró muerto a su padre en el almorrón y ella le puso cuatro letras, desde el pueblo, la Marce contestó a vuelta de correo e incluso, dos semanas más tarde, en cuanto que la mandó razón, salió a buscarla al coche de línea. La Marce era prima de Fifín, o sea su primo hermano, el del molino, y fue la propia Marce quien la buscó acomodo en casa del viejo. Bien mirado, la Marce, modales aparte, siempre se portó con ella como de la familia. Ella le leía las cartas de su hermana, la Silvina, la del Eutropio, y escribía asimismo las respuestas que le dictaba la Desi y cuya gestación se demoraba, en ocasiones, más de una semana. La Marce siempre estaba dispuesta a hacer un favor, esa es la verdad. Inclusive cuando la Desi llegó del pueblo dos años atrás con un hatillo en la mano, la Marce, que salió al coche a esperarla, la prestó 60 pesetas para que adquiriese a toda prisa una maleta y no se presentase donde el viejo como una cualquiera.

De otro lado, la Marce sabía de Manuel tanto como ella. Por el patio de luces seguían diciendo Manuel, en cristiano, aunque en el pueblo nadie le conociera ya por tal nombre. El Picaza dejó de llamarse Manuel cuando, a los seis años, amaestró una urraca que había atrapado en la ribera del río. La Silvina, su hermana, la del Eutropio, le decía en su última que el Picaza vendría a la mili para febrero a todo tardar y cuando la Desi lo comentó con la Marce por el patio, terció la pingo de la Tasia, la del principal, diciendo que se sentase a esperarle que de pie se iba a cansar. Entonces la Desi perdió los estribos, se asió crispadamente a los barrotes y voceó con voz inflamada: "¡Calla la boca tú, estropeabarrigas!".

Otras veces, la Tasia la decía por el patio que lo que ella pretendía era heredar al viejo. En realidad, la Tasia era un pingo y la Desi había vaticinado que de casarse subiría al altar con berretes. La Tasia disfrutaba de una fama turbia en la vecindad. Las más piadosas aseguraban que había abortado dos veces, pero la Marce, que no se llevaba mal con ella, afirmaba que la Tasia reglaba con coágulos y esa era una desgracia lo mismo que el nacer coja. La Tasia no decía que sí ni que no; se dejaba querer. Todo lo más se reía o decía: "Porque puedo; anda ésta".

No; la Desi conocía muchas chicas y ninguna, a pesar de su talante, como la Marce. Sin duda, la Marce tenía sus flaquezas como el viejo y como la Caya, su madrastra, y como todo hijo de vecino, pero la Desi la disculpaba. Únicamente la mortificaba que la Marce, si la contradecía, la dijese con desprecio que era más bruta que la pila de un pozo. Eso la dolía en lo vivo, como la dolió la noche antes, que la Marce la dijese de la colcha nueva que la clase no le parecía una cosa del otro jueves ya que la Marce decía esto despechada, porque su salario era mayor que el de la Desi y nunca la alcanzaba para cosas de algún provecho.

A menudo, la Marce la decía:

—Tú ganarás dos reales, maja, pero bien los luces.

La Desi, en efecto, juntaba cosas para el día de mañana. En menos de dos años había reunido además de la colcha, dos mudas, dos toallas, tres sábanas y la maleta. Y cuando la noche última extendió la colcha sobre la cama y la Marce la palpó y le dijo que la clase no le parecía cosa del otro jueves, estuvo a punto de saltar. Pero la Marce detentaba una autoridad sobre ella por el hecho de saber leer y escribir, de controlar su correspondencia, y de llevar diez años en la ciudad. Por todo ello la Desi se comió el despecho, aunque, sin poderlo remediar, se quedó extasiada ante el suave tono azul de la colcha y confesó tímidamente:

—Es para la noche aquella.

—¿Con el Picaza?

Irguió la cabeza desafiante:

—¿Con qué otro había de ser?

—¿Y la Matilde, maja?

—Esa para el gato. De que el Picaza venga a la mili ni se vuelve a acordar de ella, ya ves.

La Marce se recostó en el catre sujetando su

blanca y carnosa rodilla con los dedos entrelazados. Entornó sus ojos acuosos, que eran como dos fragmentos de sifón mal encajados, y dijo:

—Para la noche aquella yo me mercaré un camisón trasparente como el de mi señorita.

La Desi se santiguó:

—¡Serás capaz!

—Anda, maja, ¿de dónde sales?

—Eso es muy indecente.

La Marce soltó una risotada:

—¡Mira ésta! En la noche aquella ya no hay decente, ni indecente.

Más tarde conversaron sobre Argimiro, el cabo primero que estaba tras de la Marce; de la Tasia, del Picaza y de "El derecho de nacer". Y si la Marce se subió antes de que el viejo regresara fue, sencillamente, porque, entre unas cosas y otras, la mujer ya no podía con los zancajos. Los domingos, en el paseo, la ocurría lo mismo; si no se sentaba, reventaba. Pero todo esto, y aun sus desplantes, lo sobrellevaba mejor la Desi que si la Marce la tomaba con el viejo y empezaba con que si estaba lleno de rarezas y con que si era un tío roñoso y que si tal y que si cual.

Bien mirado, la Desi no ignoraba que en otras casas daban más, pero ella tenía conciencia de su libertad y la valoraba. Además, el viejo podía pecar de cualquier cosa menos de roñoso. Ocurría, simplemente, que donde no hay no se puede sacar. Así se lo repetía a la Marce por el patio de luces pero habían de cambiar de conversación porque la Tasia metía la cuchara y voceaba: "Tú lo que quieres es heredar al viejo, pero me parece a mí que estás fresca".

La Desi, la muchacha, podía decir muy alto que

no había en la ciudad señorito menos pamplinero que el suyo. A la comida no le ponía reparo y de la limpieza ni se preocupaba. A la mañana no se desayunaba porque decía que el estómago es la víscera que más tarda en despertar y era malo sorprenderle. Por eso la Desi la gozaba si la Marce la decía: "Estoy negra, maja; hoy me han armado una fregadera del demonio". A ella jamás la armaban una fregadera del demonio y además, mientras trajinaba, podía cantar a voz en cuello sin fastidiar a nadie. Ella cobraría cuarenta duros, pero disfrutaba de unos privilegios de que otras carecían. Por lo demás, la Desi no era tragona y había noches en que por no tomarse el trabajo de cascar un huevo se metía en la cama sin cenar.

Últimamente, sin embargo, el viejo había cambiado; no cantaba mientras se afeitaba, ni tiraba fotografías sin película desde el balcón. Además, por si le sobrasen carnes, llevaba una semana sin tomar la leche antes de acostarse. Él la decía: "Los viejos vivimos del aire, hija, no te preocupes". Pero ella le regañaba:

—¿Es que está enfermo?

—No, Desi.

—Sí lo está, dígalo.

—No, Desi.

—No empecemos con el no y luego vaya a resultar que sí.

—Que no, Desi.

—Será capaz. ¿Por qué no acaba la leche, entonces?

—No tengo gana, hija, eso es.

—Ande usted enredando, verá qué pantorrillas va a echar.

A la Marce no la contaba nada de esto. La Marce nunca comprendería que ella le tuviera ley al viejo. La Marce no entendería nunca que el afecto entre una mujer y un hombre nace la tercera vez que aquélla le lava a éste los calzoncillos.

La Desi intuía que el afecto dispone de múltiples variantes para manifestarse. Entre el que ella guardaba hacia el Picaza, el que le unía a su hermana la Silvina, la del Eutropio, y el impulso difusamente protector que la inclinaba hacia el viejo había mucha distancia. Y, sin embargo, todos ellos eran afectos.

III

Mientras el viejo Eloy escribía a Leoncito, el chico, en la mesa de la sala, la Desi, la muchacha, con el escobón y la bayeta de la mano, contemplaba extasiada por encima de su hombro cómo la pluma garrapateaba sobre el papel. La tinta fluía sumisamente sobre el pliego y ella, la muchacha, fruncía los párpados, como si el sol la deslumbrase, en un esfuerzo por descifrar aquellos caracteres. Desde niña, las letras la fascinaron. La maravillaba la extraña capacidad del hombre para atrapar las palabras y fijarlas indefinidamente en un papel, con la misma facilidad que don Fidel, el maestro, allá en el pueblo, arrancaba una flor y la prensaba entre las páginas de un libro.

A poco de llegar, la chica le dijo al viejo: "Daría dos dedos de la mano por aprender a leer, ya ve". Entonces el señorito rompió a reír y dijo: "Hija, eso no cuesta dinero". Y se puso a la tarea. Pero la muchacha era roma y de lento discurso y necesitó un año y cinco meses y siete días para dominar el abecedario sin una vacilación. Y una tarde, de pronto, el endiablado mundo de las letras, que ella consideraba definitivamente sometido, se amplió hasta lo inverosímil. Le preguntó recelosa: "¿Es cierto que esto también es una eme, señorito?". "Claro, Desi —respondió pacientemente el viejo—. La eme mayúscula". "¿Cómo dijo?", inquirió la chica. "Ma-yús-cu-la, hija", repitió el viejo. La muchacha se enojó como si la hubieran jugado una mala pasada: "¿Y eso qué es, si puede saberse?". Y el señorito la explicó que las mayúsculas eran algo así como los trajes de fiesta de las letras, pero la Desi, la muchacha, porfió que para qué demontre requerían las letras traje de fiesta y él respondió que para escribir palabras importantes como, por ejemplo, "Desi" y, ante esto, la chica se palmeó el muslo sonoramente, como cada vez que reía recio, y dijo: "No empiece usted con sus pitorreos". Pero estaba decidida a leer o morir en el empeño y en los últimos dos meses, el señorito consiguió que deletrease los gruesos y entintados titulares del diario.

Cada tarde la decía: "¿Qué dice aquí, hija?". Ella adelantaba su cerril rostro enrojecido, se mordía la punta de la lengua y, finalmente, sus agrietados labios balbucían: "Fran-co-vi-si-ta- un- sal-to-de-a-gua-en-Lé-ri-da". Le miraba arrogante y jactanciosa, como si acabara de ejecutar una acción heroica, pero el viejo no la daba tregua para evitar que se enfriase: "¿Y aquí, hija? ¿Qué dice aquí?". La chica bajaba la vista. Enrojecía. Se arrancaba, al cabo, tras una breve vacilación: "Los-ni-e-tos-del-Ca-u-di-llo-pa-sa-dos-por-el-man-to-de-la-vir-gen-del-Pi-lar". Al concluir, alzaba de golpe la negra cabeza y soltaba una risotada: "¡Ay, madre, si la Silvina me viera!"—decía.

Durante los últimos días, el viejo Eloy, al comprobar los progresos de la muchacha, la inició en los palotes. La chica engarfiaba los bastos dedos sobre el palillero y escribía con pulso débil y tembloteante. Aconsejaba el viejo: "Tira el palo de un trazo, hija".

Ella sacudía la cabeza con encono: "¿Se puede saber con qué se come eso?". "¿Cuál, hija?", inquiría él. Ella se enardecía: "¡Concho, cuál!... Lo que acaba de decir". El viejo la explicaba pacientemente y la muchacha se reclinaba de nuevo sobre el papel, mordiéndose la lengua, comprometiendo en su quehacer los cinco sentidos.

Dos semanas atrás le brotó a la Desi una friera en la articulación del dedo índice y apenas podía valerse. Fue entonces cuando el viejo descubrió que estaba mal visto que una chica de servicio usase guantes, que los guantes, como la cartera y los zapatos de tacón, se reservaban para las señoritas y las fulanas. A pesar de todo insistió: "No puedes valerte con esos dedos, hija". Pero la Desi cerró la discusión sin contemplaciones: "Aviada iba una si el jornal fuese para eso", dijo.

Ahora, la Desi observaba embobada por encima de su hombro la docta caligrafía del viejo. Dijo, de súbito, cruzando levemente los ojos:

—Daría dos dedos de la mano por escribir como usted, ya ve.

—¿Ah, eres tú, hija? — extendió la mano sobre los papeles y la alargó el recorte.

La chica analizó detenidamente el grabado. Había pocas cosas que tuvieran para ella tanto sentido como una fotografía:

—¡Vaya! — dijo al fin —. Bien majo le han sacado a usted, ¿no es cierto?

—Es para el chico — dijo él a modo de aclaración. Y añadió —: Ese que está a mi lado es el señor Alcalde.

—¿Este fuerte que chupa del puro?

—Ese.

Soltó una risotada la Desi y se palmeó el muslo:
—No dirá que está de mal año.

Luego, el viejo la leyó la letra menuda y la enseñó
la medalla. Notaba en esta comunicación un raro alivio.
Había pasado la noche desazonado, no sabía a punto
fijo si soñando o pensando, pero en torno suyo se
movían las borrosas figuras de Pepe Vázquez, Goyito,
su hijo menor, y Lucita, su mujer. Después se le re-
presentaron los papeles. Fue un cruel ensañamiento el
suyo. Los impresos que rellenara durante más de
cincuenta años brotaban relevantes de la oscuridad,
lo mismo que las siluetas de Galán y García Hernán-
dez que circularon en 1934 por la oficina y que se re-
producían en el cielo o en la pared después de contar
hasta veinte sin cesar de mirarles la punta de la nariz.
Y los impresos decían: "SERVICIO DE LIMPIEZA: Mañana... salió del Parque... Llegó al primer puesto... Salió
del último... Portes de basura al vertedero... etc."; o
bien: "PARTE DE TRABAJO correspondiente al día... Barrido... Riego... etc."; o bien: "INFORME... El que sus-
cribe, capataz de la zona... Debe informar a usted...
etc., etc."

Al despertar le tiraban las sienes y le dolía la cabeza. Comprobó si se le había aflojado la faja, pues
solía soñar cuando se le enfriaba el estómago, pero la
faja, en contra de lo que esperaba, estaba en su sitio.
Hacía más de un año que dormía con ella y los calcetines puestos. La costumbre empezó al presentársele
el dilema de qué prenda debía quitarse primero para
no enfriarse; si se desprendía de los calcetines se resfriaba los pies; si de la faja, se resfriaba el vientre.
Entonces decidió dormir con la faja y los calcetines
puestos, e Isaías, su amigo, le dio la razón y le dijo

que uno se enfría no cuando hace frío sino cuando teme que va a enfriarse porque el enfriamiento no era problema de temperatura sino, como todas las cosas, problema de sugestión.

El viejo Eloy, al verse perdido en la sala en la primera mañana de jubilado, pensó en Isaías. También pensó que el frío nacía en sus huesos y aunque trató de mitigarle colocando los pies en la débil franja dorada que se filtraba entre los visillos y, más tarde, al marchar el sol, enfundándolos en una vieja bufanda, todo resultó inútil. Por si fuera poco tampoco su cabeza lograba reaccionar. De joven soñó con la jubilación y ahora, de jubilado, soñaba con la juventud. El tiempo le sobraba de todas partes como unas ropas demasiado holgadas e imaginó que tal vez sus paseos vespertinos con Isaías, terminarían por ceñir las horas a su medida.

Pero los primeros paseos con Isaías después del homenaje tampoco resolvieron nada. De un tiempo a esta parte Isaías se volvía egoísta y tan sólo pensaba en rebasar los ciento y en su vientre perezoso y en las muchachitas que cruzaban su campo visual. El viejo Eloy le confió la primera tarde: "¿Sabes, Isa? Me ha salido la hoja roja en el librillo de papel de fumar", pero Isaías no le hizo caso y le mostró, apuntándola impertinentemente con el bastón, una muchacha que taconeaba a su lado. Dijo: "Atiende, atiende ¡vaya ejemplar! No había de éstos en nuestra época". Al viejo Eloy se le iluminaron tenuemente los ojos y dijo dolido: "La Paquita Ordóñez no era nadie, claro". "¡Ah, bueno", dijo Isaías y, sin cesar de mirar a la muchacha, dibujó a la Paquita Ordóñez en el aire con la contera de su bastón. El viejo Eloy volvió a la carga

y le apuntó que Pepín Vázquez bebía los vientos por
la Paquita Ordóñez y que recordara que Pepín Vázquez decía en 1930 que la jubilación era la antesala
de la muerte, pero Isaías sonrió ostentosamente, mostrando sus tres dientes de oro, y dijo que Pepín Vázquez fue toda su vida un neurótico y que recordara
él, a su vez, que, en sus depresiones, Vázquez migaba
coco en el estanque del parque para envenenar a los
peces de colores.

El viejo Eloy regresó insatisfecho, transido de un
frío extraño. En las tardes siguientes no encontró en
Isaías mayor apoyo. Isaías sonreía siempre porque no
se consideraba viejo y decía fustigando el aire con su
bastoncito: "Andando poquito a poco". Pero jamás
descendía donde el viejo Eloy quería que descendiese.
Por las mañanas el viejo Eloy tampoco conseguía equi-
librarse. Tras la carta a Leoncito comprendió que nada
le quedaba por hacer en la vida. Pasó tres días orde-
nando anacrónicas fotografías y pegándolas en un viejo álbum. Era una tarea lenta porque en torno a cada
retrato, el viejo Eloy recomponía prolijos recuerdos.
De vez en cuando se interrumpía y se pasaba el pañuelo por la punta de la nariz. Hacía frío o le criaba
él, lo cierto es que el poco sol de la ventana o la
bufanda arrebujada a sus pies no le servían de nada.
De vez en cuando se llegaba a la cocina para dar una
orden a la Desi y, en esos casos, la vaharada cálida
de la pieza le reconfortaba. También le reconfortaba
la voz llena de la muchacha, su avidez por aprender
cosas elementales.

Al viejo Eloy no se le ocultaba que la Desi era
una buena chica, aunque, como cada hijo de vecino,
también tuviera sus rarezas. La Desi, por ejemplo,

ofrecía al buen tuntún dos dedos de la mano derecha por aprender a escribir, siendo así que con tres dedos le sería mucho más difícil conseguir lo que no pudo lograr con cinco. Esto era una simpleza, como lo era, asimismo, imaginar que los guantes no eran prenda apropiada para una chica de servicio; que los guantes, como los zapatos de tacón y la cartera, sólo estaba bien visto en las señoritas y las fulanas. Esta era otra rareza, como lo era igualmente su manía de llenarse la cabeza de pinzas los miércoles y los sábados o la de tratarse el oído lastimado a sopapo limpio. Pero el viejo Eloy la disculpaba. No ignoraba que había otras chicas que rinden más pero no faltaban las que rinden menos y, por añadidura, carecían de la brusquedad protectora, y de la buena conformidad de la Desi.

Dos años atrás el viejo Eloy pasó tres malos meses. El servicio doméstico andaba en baja y su casa no era golosa porque no ofrecía porvenir. Al fin, una mañana se presentó la Desi con el rostro congestionado, los cabellos adheridos a la frente, formando cuerpo con sus cejas, vacilando a compás de la maleta y le preguntó si era allí donde necesitaban chica y que la Marce daba la cara por ella. "¿La Marce?", preguntó el viejo. "La del tercero —dijo la chica—. Lleva tres años en la casa y es de fiar". El viejo la invitó a pasar y la Desi se agachó para tomar la maleta, pero recordó de repente las instrucciones de la Marce y se incorporó y le preguntó a bocajarro por el jornal y las salidas. El viejo Eloy se desconcertó y aunque pensaba dar treinta duros, la dijo: "¿Qué le parecen, hija, treinta y cinco duros y mantenida? Tocante a salidas aquí se acostumbra los jueves y los

domingos, pero si usted necesita otro día, por eso no
vamos a regañar". La muchacha esbozó una sonrisa
cerril y frunció luego la frente y, finalmente, volvió a
sonreír y dijo que bastaba porque, aunque la estuviera
mal el decirlo, ella no suspiraba por la calle ni era
bailona. Así llegaron a un acuerdo el viejo y la muchacha. Después la chica se mostró dócil y servicial
y en premio a su disposición y a su buena voluntad el
señorito la subió cinco duros para mayo haría un año.

La revisión de las viejas fotografías no satisfizo al
viejo como había imaginado. La sala, por otra parte,
era demasiado amplia y destartalada y el frío le mordía los pies. Había momentos en que el viejo Eloy se
sentía como entumecido por dentro y por fuera, incapaz de pensar o de tomar una decisión. En esos casos
veía abrirse ante sus ojos un abismo y había de sujetarse el estómago con ambos brazos para dominar el
vértigo. Empezó a desconfiar de sí y una mañana, siete
días después de su despedida, con la disculpa de
mostrarle a la Desi una fotografía de Goyito vestido
de marinero, se presentó en la cocina y la chica preguntó si era el difunto, y él asintió, y ella agregó que
la Virgen lo tuviera en gloria y que se le daba un aire,
y él respondió que era la primera vez que oía eso y
que Goyito era un trasto de cuidado y que no había
diablura que no se le ocurriera a él. Al llegar a este
punto arrimó el taburete al fuego, se sentó en él y
tomó posesión de la cocina.

Al principio, la chica le extrañaba. Decía desabri-
damente: "Venga, ahueque". O, si acaso: "Usted siempre en medio como el miércoles". O, si acaso: "¿Se
puede saber qué se le ha perdido a usted aquí?". Pero
el señorito se hacía el roncero y la muchacha terminó

por habituarse, de forma que a los tres días no hubiera acertado a desenvolverse sin el viejo allí a su lado controlando cada uno de sus movimientos.

Por la mañana, al presentarse en la cocina, preguntaba el viejo invariablemente:

—¿Llamó el cartero, hija?

—Ya va para rato.

—¿Y nada?

—Nada.

Se sentaba junto al fogón y observaba en silencio los desplazamientos de la muchacha. Un día la Desi le oyó murmurar entre dientes: "Estará muy ocupado; es mala época ésta".

Dijo entonces la Desi:

—¿De quién está hablando si no es mala pregunta?

—Del chico.

—Siempre anda ocupado su hijo.

—A ver, Desi. Es notario en Madrid.

Le enfocó la chica sus romas pupilas anhelantes:

—¿Y eso qué es?

Él trató de ilustrarla pero la chica desistió de comprenderle. Dijo:

—En Madrid anda la Alfonsina, mi hermana. También es casualidad.

Charlaban amigablemente pero el señorito rara vez ponía interés. A la Desi le dolía, de un tiempo a esta parte, su pasividad. El viejo había de meterse dentro del fuego para reaccionar. Le decía la chica: "¡Otra!, es usted más friolero que un gato agostizo". Él asentía sin palabras. Una mañana, tratando de complacerle, la Desi abrió el tiro pero él saltó como si le hubieran pinchado:

—Cierra, hija, el carbón se va sin sentirlo.

—¡Será capaz! — dijo la Desi —. ¿Es que le quitan el jornal al dejarle cesante?

—En un buen porcentaje, sí.

La chica levantó los hombros malhumorada:

—¿Y eso con qué se come?

—Si antes me daban como ciento ahora me darán como setenta y cinco, eso es.

—¿De duros?

—O de pesetas.

—¿Tanto da duros como pesetas, señorito?

—Entiéndeme, Desi, para explicar lo que es un porcentaje, sí.

—¿Un porcen...? ¿Cómo dijo? ¡También tiene usted cada cacho salida! — dijo ella riendo y golpeándose el muslo con ardor.

El viejo, sentado en el taburete, envuelto en su ajado batín gris, terminaba por enojarse:

—No quieras aprender todo de una vez, hija.

Desde el cese, el señorito estaba como ensimismado. La chica constataba su ensimismamiento en que el viejo no sentía formársele la moquita en la punta de la nariz y ella había de advertirle con frecuencia: "Señorito, el pañuelo". Él, entonces, musitaba un "gracias" inaudible y se limpiaba mecánicamente, un poco azorado. Había veces en que la Desi había de repetírselo tres veces para que él se diese cuenta. Mas a pesar de su ensimismamiento, la Desi, a estas alturas, no temía ya que el señorito se chalase como el Apolinar, el primo del Eutropio, su cuñado. Lo había temido diez días atrás, cuando el viejo balbució una noche, con mirada absorta, algo de una hoja roja y un librillo de papel de fumar. La Desi se agitó toda y le voceó:

—¡Señorito! ¿Está usted bien?

Él pareció volver en sí:

—Bien, Desi. ¿Por qué voceas así? No soy sordo.

La chica respiró fuerte. Por un momento temió que le aconteciera como al Apolinar. Uno y otro tenían el mismo mirar un si es no es abstraído y amenazante. Así empezó el Apolinar y una noche, al llegar a casa, le dijo a su madre: "Madre, la yegua baya a poco me muerde". A la señora Visi, al verle el mirar, la entró la tremblequera: "¿Qué yegua, hijo?", dijo. "Cuál ha de ser, madre, la baya; la que está en la cuadra", respondió él. Pero la señora Visi no tenía ninguna yegua ni ninguna cuadra sino solamente un pollino escuálido y seis pares de conejos. Sin embargo, le llevó la corriente: "Algo la habrás hecho, hijo, el animal es muy dócil". Él prosiguió: "Darle el pienso como cada noche, madre, se lo juro. ¿Qué otra cosa iba a hacerle?". La señora Visi se llegó a la puerta y llamó. Al día siguiente recluyeron al Apolinar. En el pueblo aseguraban que se había trastornado porque el campo le asfixiaba y en la ciudad no le salía ninguna proporción.

Pero lo del señorito había pasado sin más. En los últimos siete días no la volvió a mirar de aquella alterada manera, ni a decir entre dientes cosas sin sentido. De otro lado, la Desi ignoraba que el viejo lo único que ambicionaba era calor. Desde niño el viejo Eloy buscaba instintivamente el calor y desde niño, empujado por un sino tortuoso, se había visto obligado a cambiar de calor como de camisa.

IV

De todos modos nada hubiera cambiado en la historia de la Desi sin la terrible riada del 52. Pero debía de estar escrito.

El viejo Eloy la decía cada mañana:

—¿Llamó el cartero, Desi?

—¿Otra vez? — decía la chica —. ¡Cómo habrá que decirle las cosas!

—Perdona, hija; lo había olvidado.

El viejo se acercaba al fogón y extendía sus azuladas manos sobre la chapa:

—Hace bueno aquí.

La chica tomaba el gancho de la lumbre y escarbaba las brasas de la rejilla. Al viejo le brillaban intermitentemente los agujeritos de la nariz. El fuego se enfurecía. Advertía él:

—Ojo, Desi; cierra el tiro. El carbón se va sin sentirlo.

La muchacha se plantaba ante él; sus manos hinchadas y cortas descansaban sobre el vientre como sapos.

—Será capaz.

Decía el viejo:

—No bromeo, hija.

También la Caya, su madrastra, cuando Eutiquio,

el guarda-jurado, descubrió el cadáver de su padre en el almorrón, las decía: "Ahora, ya lo sabéis, a poner el hombro y a ayunar". Y también su hermana, la Alfonsina, aguardaba con impaciencia carta de la Valen cuando decidió ponerse a servir en Madrid. Y preguntaba cada día: "¿No tuve carta?". Y respondía la Caya: "¿Quién va a escribirte a ti, hocicos de rata?". Mas, al fin, la Alfonsina recibió carta de la Valen desde Madrid y la decía: "Aquí cobra una doble jornal y tiene donde gastarlo". Entonces la Alfonsina decidió marchar a Madrid, pero la Desi, que era la más sensitiva de las hermanas, se quedó en la ciudad porque la oprimían los viajes y porque la faltaba coraje para separarse tantas leguas del Picaza.

Todo esto aconteció después de la riada del 52 y, bien mirado, sin la terrible riada del 52 nada hubiera cambiado en la historia de la Desi. Pero debía de estar escrito. Y ahora, cuando el viejo entraba en la cocina cada mañana, envuelto en su ajado batín gris, e inquiría: "¿Llamó el cartero, Desi?", la chica se esforzaba en pensar en la Caya, su madrastra, y en su oscura autoridad para percatarse de que había cosas peores en la vida que la tozudez del viejo y armarse de paciencia y no darle una mala contestación. A la Desi, la muchacha, sólo de imaginarse bajo la arbitraria potestad de la Caya, su madrastra, se le abrían las carnes.

Por contra, la placía recordar sus paseos vespertinos con el Picaza, cuando, sentados en la cuneta, o recostados en la paja de la era, entre dos luces, éste la cantaba a media voz "El Relicario" y "Porque tengo penas". A la Desi la decía don Fidel, el maestro, que el Picaza tenía una hermosa voz pero en cambio le faltaba oído. Ella se reía recio y se palmeaba el muslo cada vez que lo comentaba con la Alfonsina y la decía: "Ya ves tú qué tendrá que ver una cosa con la otra. El tío Fideo anda de la chaveta". Y don Jerónimo, el párroco, consciente asimismo de la hermosa voz del Picaza, cerró un trato con él para que le ilustrase las Primeras Comuniones, las bodas, los funerales y los entierros. El funeral de primera era el Picaza. Y el entierro de lujo, y la boda de postín eran, asimismo, el Picaza. El muchacho, de este modo, disponía de unos ingresos extra para llevar a la novia al cine o a bailar. Mas la Caya le dijo un día a la Desi: "En la Plaza lo que quieras, pero si te veo bailar otra vez donde el cocherón te muelo los huesos".

Don Jerónimo, el párroco, era de la misma opinión y en misa y en los novenarios, se hartaba de vocear desde el púlpito, moviendo los brazos como si fueran aspas, que el mejor destino del cocherón sería quemarlo. Al hablar de estos asuntos, que él decía "de la lujuria", se exaltaba mucho y le nacía una espuma blanca en las comisuras de la boca y en los aledaños del púlpito caía una lluvia menuda e incesante. Pero don Ulpiano, el dueño, no estaba por la labor. De esta manera, le sacaba una renta al cocherón mucho más sustanciosa que cuando Marciano, el de la fábrica, y Tomás, el del estanco, cobijaban sus camiones allí. Y le decía al párroco: "Hay que desengañarse, señor cura; hoy lo que renta es la alegría". Y don Jerónimo, el párroco, le reconvenía reservadamente y le instaba a pensar en el alma, pero don Ulpiano reía y enseñaba, al reírse, hasta el estómago y le decía: "El alma no come, padre" y don Jerónimo se descomponía entonces, levantaba una tremenda mano de pelotari como si fuera a golpearle y, finalmente, la dejaba caer, sin usarla, sobre la polvorienta sotana.

Luego la Culohueco, el ama, iba diciendo por todas partes que el señor cura, por las noches, lloraba sangre y una vez hasta enseñó a las comadres la funda de la almohada en el lavadero y en realidad estaba manchada de rojo, pero el Picaza, que con los menesteres del canto andaba siempre a la vera del párroco, aclaró "que sin quitarle mérito al señor cura él le había visto sangrar por la nariz cada vez que se mangaba un catarro".

Y, en vista de ello, la Desi y el Picaza frecuentaban el cocherón. La advertencia de la Caya no bastó para disuadir a la chica. Ella barruntaba que la Caya la aborrecía a ella y a sus hermanas, porque el Marcos, su único hijo, le salió inocente, tal vez porque cuando se casó con su padre, ella ya había cumplido los 44. El Marcos, pues, a más de inocente, era un fruto tardío, y la Caya no les perdonaba a ella, ni a sus hermanas, que fueran despabiladas, ni que el Galo, su marido, la dejara para plato de segunda mesa. A las vecinas solía decirlas: "Sabe Dios lo que el Galo vería en la perro de mi hermana".

La Desi y sus hermanas nunca aceptaron de grado este apaño. Al Galo le decían los amigos en la taberna: "¿No tuviste bastante con una Rufa que ahora vas por la hermana?". Y el Galo, a quien ninguna cosa de este mundo importunaba porque tenía la sangre espesa, asentía: "Es un remiendo de la misma tela". Pero ella, la Caya, no le dejaba quieto desde el día de la boda: "¿A qué ton tus hijas me dicen Caya?

Diles que me digan madre". Él decía, sin la menor convicción: "¿Oisteis? Decidla madre". Pero ellas seguían diciéndole Caya y sacándola a relucir los trapos sucios y ella las golpeaba al menor motivo y, muchas veces, sin tomarse el trabajo de buscarle.

De todos modos nada hubiera cambiado en la historia de la Desi sin la terrible riada del 52. En puridad, nada de lo de la riada iba con ella, pero Marcos, su mediohermano, que era inocente, se puso a vocear en la punta del teso:

—¡Qué llueva, qué llueva, la Virgen de la Cueva!

Y los hombres le miraban torcidamente porque era el agua la causa de su infortunio. Y el río, que era un lánguido reguero con el cauce cubierto de espadañas durante once meses del año, se hinchaba, como si le preñaran, cada primavera, y aquel año se hinchó tanto que se extendió por la hondonada como un mar y ellos, desde el cerro, no divisaban sus límites, ni su principio ni su fin, y apenas emergían del agua, con la torre de la iglesia y el nido de la cigüeña, cuatro tejados alabeados a punto de desplomarse. Y, sin embargo, Marcos, el Tonto, no hacía más que vocear, escrutando el cielo:

—¡Qué llueva, qué llueva, la Virgen de la Cueva!

Y en el corazón de los labriegos se iba cociendo un odio explosivo porque la lluvia había sido su desgracia. Y Práxedes, el Raposo, le dijo, al fin, a la Caya:

—Dile al chico que calle la boca; si no, no respondo.

La Caya se puso como una furia:

—¿Qué culpa tiene el pobrecito? Bastante desgracia lleva con ser inocente. ¡Vamos, digo yo!

Y don Jerónimo, el párroco, que con su palidez y

su alta y rígida silueta y el barro de la sotana parecía un desenterrado, les instaba a hincarse de rodillas y rogar a Dios que las aguas remitieran y aseguraba que la inundación era un castigo del cielo por los innumerables pecados que se cometían los domingos y festivos en el cocherón. Mas, como a don Ulpiano le sorprendió la riada en la ciudad donde había ido por un neumático para el tractor, don Jerónimo no podía irritarse contra nadie en concreto y decía las cosas mansa, resignadamente, sin que le naciera la espuma en los extremos de la boca.

Pero Marcos, el Tonto, proseguía obstinadamente:

—¡Qué llueva, qué llueva, la Virgen de la Cueva!

Y el grupo oscuro, con los cuatro enseres salvados de la riada, apilados en el teso, iba perdiendo el control de los nervios y si algún rapaz se levantaba chillando espontáneamente: "¡Mira, la cabra del señor Poli!", señalando un bulto hinchado como una vejiga, navegando sin rumbo por la bruñida superficie, surgía de alguna parte un brazo poderoso que le sentaba de un manotazo cruel. Tan sólo el Marcos parecía disfrutar allí de una bula, pero Práxedes, el Raposo, se desquiciaba por momentos y cuando las aguas turbulentas arrancaron del corral su vaca tudanca y ésta fue avanzando, turgente como un globo, a compás de la corriente hasta detenerse, aprisionada entre las ramas más altas de la nogala, a veinte metros del teso, Práxedes, el Raposo, empezó a golpearse la cabeza con una piedra y a blasfemar entre dientes y cada vez que miraba a la vaca se convulsionaba como un poseído y cuando el Marcos dijo otra vez a voz en cuello: "¡Qué llueva, qué llueva, la Virgen de la Cueva!", el Raposo se volvió a la Caya fuera de sí:

—¡Cállale o le callo yo!

Mas como nadie hiciera ademán, el Raposo se incorporó con toda su santa cachaza, agarró una horca que tenía a mano y la hundió tres veces en el vientre del muchacho mientras voceaba riendo a carcajadas: "Así aprenderá".

No es que la Desi le diera la razón al Raposo ni se la quitara. Tampoco se la daba ni se la quitaba a Marcos, su mediohermano, que, a fin de cuentas, era inocente. La culpa era de la Caya por alumbrarle a destiempo y de su padre por binar con una mujer así. Y el hecho de que el Práxedes ingresara en la cárcel, y de que las aguas remitiesen al fin, y de que la vida volviese a latir sobre el pueblo, no resolvió nada. La Caya, con la desgracia, se puso de los nervios y se pasaba el tiempo acariciando una de las botas que calzaba el Marcos el día de la riada. Y si topaba con el Galo, a quien la desgracia no pareció afectarle porque tenía la sangre espesa, le decía sollozando, con unos sollozos que más parecían balidos:

—¡Ay, qué hijo tan majo has perdido!

Y si en lugar del Galo era cualquiera de las chicas, la Caya balaba también y decía:

—¡Ay, qué hermano tan majo has perdido!

Un día a la Desi la cogió de mal temple y se revolvió:

—Un mediohermano y para eso tonto de nacimiento.

Entonces la Caya la sacudió tal bofetada que la chica permaneció cinco minutos privada junto al hogar. Desde entonces, cada vez que se iniciaba un invierno el oído derecho empezaba a zumbarle y a manarle y la chica se quedaba sorda de medio lado hasta la próxima primavera. No obstante, la Desi soportaba el desvarío de la Caya, hasta que una tarde, tres meses después, Eutiquio, el guardajurado, encontró al Galo ahogado en el almorrón. De primeras, la gente del pueblo empezó a hablar de suicidio, pero don Federico, el doctor, certificó que no, que simplemente el Galo se había privado al ir a beber porque su sangre era ya tan espesa que no podía correrle por las venas; que era talmente como cuando la acequia se aterraba y el agua no fluía.

Entonces empezó la desbandada. La Doro, la mayor, se casó con el Antonio y se fue a vivir a La Parrilla. La Silvina, la tercera, anunció su compromiso con el Eutropio, que tenía una buena hacienda del otro lado del río, para el otoño, pero la Caya se plantó y dijo que mientras no cumplieran la mayoría allí no habría más bodas. El Eutropio, entonces, tiró por la calle del medio, sacó anticipada a la Silvina y la Caya, a trancas y barrancas, accedió a que les echaran las bendiciones. La Candi, la segunda, se largó un día del pueblo sin dejar rastro y la Desi empezó a planear con la Alfonsina la manera de ponerse a servir. A la Alfonsina la encandilaba Madrid porque la Valen la escribió al fin y la decía: "Aquí cobra una doble jornal y tiene donde gastarlo". Pero a la Desi, que era la más sensitiva de las hermanas, la escocía alejarse tantas leguas del Picaza y entonces decidió quedarse en la ciudad y le puso cuatro letras a la Marce, que se portó con ella como una hermana, la contestó a vuelta de correo y salió al coche a recibirla y aún le prestó 60 pesetas para que no se presentase donde el viejo sin maleta como una cualquiera.

La Desi, la muchacha, cada vez que evocaba su pasado se sofocaba y la dolía el oído y los pelos se la adherían a la frente y formaban un solo cuerpo con las cejas. Pero, inevitablemente, sonreía, se encaraba con el viejo, levantaba los brazos como si fuera a volar y los dejaba caer después sobre los costados en ademán de impotencia:

—Y aquí estoy porque he venido — decía.

El viejo, que mientras la Desi hablaba se dejaba arrullar por su voz inflamada y permanecía con los párpados entornados, como si dormitase, abría perezosamente un ojo y decía un poco sobresaltado:

—¿Y qué fue de ese muchacho?

—¿Qué muchacho?

—El Zorro, hija, el de la horca.

La chica se propinaba un sonoro palmetazo en el muslo y su rostro, de ordinario obstinado y cerril, se abría en una fulgurante risotada:

—¡Qué Zorro ni que demontre! El Raposo querrá usted decir.

—Eso, hija; el Raposo.

—Le empapelaron. Pero no es ningún muchacho, no se crea. Ese no cumple los treinta, ya ve.

El viejo suspiraba:

—¿Y aún sigue encerrado?

—La Silvina dice que para Pascua lo soltarán. El abogado dijo que estaba de la cabeza por lo de la vaca. Ya ve usted; los abogados en seguida lo arreglan todo.

—Eso.

Y la helada, fuera, entumecía los plátanos y hacía

brillar los tejados y ponía sordina en las calles y plazas de la pequeña ciudad; y cuando la Desi, la muchacha, iniciaba una nueva historia, el viejo se dejaba mecer por su voz, extraía lentamente el pañuelo del bolsillo del batín, se limpiaba mecánicamente la punta de la nariz y, por último, cruzaba los débiles brazos sobre el estómago en ademán protector y entornaba suavemente los párpados como si dormitase.

V

ARRULLADO por la crepitación de la lumbre en el hogar el viejo Eloy evocaba el calor de la Antonia. La Antonia fue su primer calor, pues a su padre no llegó a conocerle y de su madre no guardaba una idea exacta. En cuanto a su hermana Elena, con quien vivió unos años, era despegada, áspera y fría como un reptil. El viejo Eloy, como el Marcos, el mediohermano de la Desi, fue un fruto tardío y precisamente vino a nacer el mismo día que enterraron a su padre, coincidencia que indujo a algún chusco a decir en el Círculo que don Eloy Núñez había muerto de parto. Sin embargo, la realidad era que don Eloy Núñez falleció del cólera morbo y, casualmente, al día siguiente de ser recibido el doctor Ferrán en el Congreso por los señores Castelar, Sagasta, Martos y Moret. La víspera, el señor Cánovas manifestó al doctor Ferrán que el Gabinete tomaba en consideración sus esfuerzos para librar a la Humanidad del terrible azote del cólera y había dispuesto dietarle con cien pesetas diarias para ayudarle en su tarea. Pero, a pesar de las dietas, don Eloy Núñez falleció del cólera morbo a la tarde siguiente y, al decir de la Antonia, le enterraron con pellejo y todo.

Don Quintín Magro, el magistrado, recordó la anécdota en el entierro: "Ahora que el Congreso dieta a Ferrán por su triunfo sobre el cólera — dijo —; también es fatalidad". Entonces Clemente Cid, el de la Peletería Hispanoamericana, se llegó a él reservadamente y le dijo: "¿No sabe lo de Tortosa?". Al instante se formó un corro en torno al peletero y éste añadió: "Ferrán dice que va a Tortosa a ayudar a sus paisanos, pero sé de buena tinta que se larga porque su potingue no sirve". Fuera una cosa u otra, a don Eloy Núñez, el padre del viejo, se le acabó la cuerda en 1885 y, como decía la Antonia, le enterraron con pellejo y todo.

El viejo Eloy le decía a la Desi:

—Ya ves, hija, no tenía yo una hora y mi padre de cuerpo presente. Lo que se dice ni conocerle.

Los ojos sin pestañas de la muchacha se ensombrecían:

—Eso se llama tener la negra.

—Más o menos me sucedió lo que al rey.

—¿El rey?

—¿No sabes quién era el rey, hija?

Ella rompía a reír, recelosa:

—Con usted nunca sabe una cuando habla en serio ni cuando se pitorrea.

—No me pitorreo, hija. El rey era algo así como el amo del país. Mandaba en todas las cosas y decía: "Esto aquí y esto allá". "Esto me gusta y esto no me gusta." Y todos de cabeza a obedecerle.

La chica le escuchaba boquiabierta:

—¡Madre, ya sería rico! — decía.

—Figúrate, hija, lo que quisiera; pero, lo que son las cosas, en cambio no tenía padre.

La Desi vacilaba; no sabía si enfadarse o reír:

—No empiece — dijo, al fin —. Padre lo tiene hasta el más pobre.

—Pues el rey, hija, no lo tenía, así son las cosas. Murió cinco meses antes de nacer él y cuando nació le arroparon ya con pañales negros. ¿Qué te parece?

La Antonia estaba al tanto de las desavenencias del matrimonio e incluso cada noche depositaba secretamente unas viandas en el aparador, pues desde que empezaron los disgustos, Elena, la hermana del viejo, se jactaba de no comer. Por su parte, el viejo Eloy, que entonces no era sino una breve y delicada criatura, hacía la vida en la cocina con la Antonia y la Antonia, para distraerle, le decía a cada rato: "¿Qué quieres que te cuente hoy, caraguapa?". Y el niño respondía: "Lo de la Emabó, Antonia".

—¿Conoces la historia de la Emma Abot, hija? — le dijo una mañana el viejo a la Desi, observando los tejados engarabitados por la escarcha y las chimeneas alentando penosamente contra el cielo plomizo.

—De qué, señorito — dijo la chica expectante —. Una se pasa la vida en el pueblo y ya sabe usted lo que son los pueblos.

Entonces el viejo Eloy la explicó que la Emma Abot, la primadona, era una cantante hermosísima y cuando murió solamente en vestidos dejó una fortuna. Pero el vestido más hermoso, todo cuajado de perlas, brillantes y pedrería, la sirvió de mortaja y era el que lucía en su ópera favorita y cuando se lo acabaron de poner, después de muerta, abriéndole por un costado, la prendieron fuego porque ella lo había ordenado así. Y una vez que la Emma Abot ardió entera, con vestido y todo, de forma que no quedaron sino unas pocas cenizas, un amigo suyo encerró éstas en un cofre de oro repujado y se las llevó a una hermana de la Emma Abot y la dijo: "Miss Clark, esto queda de su hermana".

La Desi, la muchacha, le recordaba a él cuando niño. Primero enrojecía paulatinamente, después se llevaba las manos a la boca y musitaba un "¡Virgen!" apagado, casi inaudible. Decía por último:

—¿Y qué respondió Miss Clark, señorito?

El viejo Eloy no hacía sino seguir las antiguas huellas de la Antonia:

—¡Vete a saber, hija! Diría, digo yo: "¡Qué poco somos!", o algo por el estilo.

Otras veces la Antonia, bajo el quinqué de luz mortecina, mientras aguardaban el regreso de su hermana Elena, le narraba la historia de Rovachol. A Rovachol le echaron el guante porque siempre andaba enredando y tramando perrerías y cuando le atraparon le juzgaron y le condenaron a muerte. Y el día de la ejecución, el piquete le despertó a las tres y media y le dijo: "Rovachol, arriba, es la hora". Pero él dio media vuelta en el jergón porque tenía mucho sueño y el que mandaba el piquete hubo de zarandearle seis veces y decirle otras seis: "Despabila, Rovachol, ya es la hora", para que se despertase. El niño Eloy no pestañeaba. Tampoco pestañeaba la Desi, la muchacha, cuando ahora el viejo Eloy le refería la historia. Decía el niño Eloy, antaño: "¿Y qué respondió Rovachol, Antonia?", y la Antonia proseguía: "Dijo: «Está bien, sin apechugar». Y Rovachol se vistió y se afeitó y se peinó e hizo del cuerpo delante de la guardia y, finalmente, dijo que listo y, entonces, se aproximó el cura y le preguntó: "Rovachol, Dios te espera, ¿quieres confesar tus pecados?". Pero Rovachol escupió y dijo: "Los cuervos luego". Y uno le quiso vendar los ojos, pero él se apartó y dijo: "Ni se te ocurra". Y cuando caía ya la cuchilla sobre su cuello, Rovachol volvió los ojos al cura y voceó: "¡Viva la República popular!". Y su cabeza rodó al cubo y desde allí, separada ya del tronco, volvió a vocear desorbitando los ojos: "¡Viva la República popular!".

La Desi, la muchacha, contenía un estremecimiento:

—¿Es que puede hablar una cabeza sola, señorito? —decía.

—Por lo visto, hija. Un primo de la Antonia que formaba en el piquete decía que se muriese si la historia no era cierta.

Junto a la Desi, en la cocina, el viejo Eloy evocaba el calor de la Antonia, un agridulce y ofuscante vaho de establo. En cambio, por las mañanas, al despertar, en el inmenso lecho, le atenazaba el hálito helado de su hermana Elena. Su hermana Elena, pese a los lazos de sangre y a llevarle veinticinco años jamás dio un paso por asentarle en la vida o por proporcionarle un calor. El viejo Eloy, empero, no la guardaba mala memoria, porque Elena, su hermana, como Suceso, su nuera, la esposa de Leoncito, no escogieron su manera de ser y hay personas que nacen para dar calor y otras que nacen para recibirlo. Pero no era Elena la que surgía en su imaginación por las mañanas, en su desamparo, sino solamente la sensación de su frío de entonces. Era una sensación imprecisa, pero el viejo, para espantarla, adoptaba instintivamente en el lecho la postura defensiva del feto, los ojos fijos en la esfera del despertador. De este modo, la sensación de Elena era sustituida, con una vaguedad de lejanía, por la conciencia de las pasadas obligaciones: "Las nueve y media — se decía —. A recoger el pliego de firmas". Y poco después: "Las diez menos cuarto; pasar la relación a Secretaría General". Y más tarde: "Las diez, los partes de los capataces". Y luego: "Las diez y media, relación de Averías e informe a Registro General". En ocasiones, ya de mañana, se adormilaba, y entre las sombras de la duermevela, se destacaban en caracteres nítidos los impresos que durante cincuenta años cumplimentara minuciosamente: "SERVICIO DE LIMPIEZA", "PARTE DE TRABAJO", "VISADO DEL VIGILANTE DEL VERTEDERO".

Una noche soñó que Carrasco le enviaba un gigantesco rimero de impresos y Mauro Gil le decía con su habitual gravedad: "Mientras no los cumplimente no salga de la oficina; orden de don Cástor". Se despertó sobresaltado, envuelto en sudor, la lengua extrañamente indócil y enteriza. Desde la jubilación, el viejo Eloy sufría pesadillas sin necesidad de que se le aflojase la faja. Era una desagradable novedad. Solía soñar con el dedo acusador de Carrasco o con basuras que se amontonaban sobre él sin que pudiera mover un dedo, ni hacer un ademán de protesta. Antaño, en vida de Lucita, su señora, soñaba, a veces, cosas estimulantes. Una vez llegó a soñar que le elegían alcalde y todos le llamaban Excelencia y él les rogaba que por los clavos de Cristo le apeasen del tratamiento y le dijeran sencillamente Eloy, o a lo sumo, don Eloy, pues de otro modo no sabría desenvolverse. Pero Lucita, su señora, le regañaba y le encarecía que dejara a los subalternos que le trataran de Excelencia, pues si daba confianza a la gente, terminarían sentándosele en la barriga. Mas, al despertar, le bastaba ver la cara de Lucita, su señora, cubierta con el velo para saber que todo había sido un sueño.

Lo mismo le sucedía ahora al ver el despertador. Pero ahora las pesadillas le perseguían aun despierto y él, para huir de ellas, se embutía en la bata con torpes movimientos y se refugiaba en la cocina. Una vez allí, el calor de la Antonia prevalecía sobre el frío de los impresos, y el frío de Carrasco y el frío de su hermana Elena. Y decía:

—¿Llamó el cartero, Desi?

—Ya va para rato.

—¿Y nada, hija?

—Nada.

Se sentaba en el taburete y la crepitación de las brasas iba doblegando poco a poco su rigidez interior. Si cerraba los ojos, era como si aventase los últimos doce lustros de su vida.

—La Antonia no era mala, hija. Me decía, muchas veces: "Me duelen los riñones, caraguapa".

—¡Será capaz! Le decía caraguapa a usted.

El viejo la regañaba:

—Qué tiene de particular, Desi. Yo era una criatura entonces. Y yo la decía: "¿Dónde tienes los riñones, Antonia?". Y ella se desabrochaba el escote y me mostraba dos verrugas para que yo se las besase.

La Desi se llevaba a la boca el puño cerrado y movía la cabeza reiteradamente como si reconviniera a un niño:

—Vamos, que hace falta valor — decía.

—¿Para qué, hija? — inquiría el viejo.

—¡Otra! ¿Todavía lo pregunta? — cortaba la muchacha.

En realidad, gracias a la Antonia pudo el viejo salvar cinco años de su infancia. Su cuñado se llamaba Alejo y él le decía tío. Y el tío Alejo tenía cuerpo de gigante y bracitos de enano y cada vez que regresaba embriagado llevaba un obsequio para su hermana, pero ésta salía a la puerta de la alcoba blandiendo una cruz y decía fúnebremente, como si le exorcizase: "Aparta de mí, Satanás". Entonces el tío Alejo, dócilmente, se iba al cuarto del niño y se desvestía con la luz del pasillo para que, si acaso aquél velaba, no viera sus desnudeces. Algunas noches, sin embargo, en la penumbra, el niño distinguía sus formas hercúleas, sus bracitos como sin articulación en el codo, su vello frondoso y cuando ya sin luz, oía a su tío hablar solo, y en ocasiones llorar, experimentaba un terror reptante y angustioso y echaba en falta a la Antonia.

Durante los anocheceres, en la cocina, bajo la vacilante luz del quinqué, la Antonia arrimaba el cesto de la labor y le decía: "Enhébrame la aguja, caraguapa, ya no me alcanza la vista". Al niño Eloy se le encendía el mirar: "¡Con hilo rojo, Antonia!". Ella encogía sus fornidos hombros y sonreía: "Bueno, con hilo rojo; luego la desenhebras y me la enhebras con blanco, es para coserme unas bragas". Allí, sentado junto a la Antonia, escuchaba sus sombríos relatos o hablaban de sus problemas. El niño la decía a veces: "Anoche salió otra vez mi hermana con la cruz, ¿sabes, Antonia?". Ella decía: "Ese es el cuento de nunca acabar". En una ocasión el niño añadió: "Anoche el tío se vino a dormir conmigo y cuando apagó la luz estuvo mucho rato hablando solo". La Antonia dejó de coser y clavó los ojos en él: "¿Y qué decía, caraguapa, qué decía?". Agregó el niño. "Decía: con esta mujer está uno j...". La Antonia se santiguó: "¡Jesús qué disparate! No digas a la señorita una palabra de esto, ¿me oyes?". "Sí, Antonia". "Es un pecado". "Sí, Antonia". "Pero un pecado muy gordo, criatura. Tú mismo has de confesarlo mañana por haberlo repetido ahora". "Era para decírtelo a ti — dijo el niño —, tú me lo preguntaste, Antonia". "No importa; has de confesarlo mañana". "Bueno, Antonia".

Meses después, cuando lo del sacrilegio, todo se lo llevó la trampa, y el viejo, que aún era un niño, se vio forzado a cambiar de calor. Su hermana marchó a Bilbao, de señorita de piso, al convento de su amiga Heroína, que es lo que siempre había deseado, su cuñado a Venezuela, en el "Rey Fernando", y la Antonia donde la señorita Emilia para sacar niños.

La Desi, la muchacha, observó al viejo sentado en el taburete, dando cabezadas. Dijo bruscamente:

—Se va usted a dormir, concho.

El viejo Eloy se sobresaltó:

—Descuida, hija.

Ella se tocó levemente la nariz:

—Señorito, el pañuelo.

Él se limpió maquinalmente.

—Vamos, cuente algo. Parece usted un funeral — agregó la chica.

—¿Y qué quieres que te cuente, hija?

La Desi se puso en jarras, sonriendo:

—Lo de la Emabó, señorito — respondió sin vacilar.

VI

Minucias aparte, la Marce se había portado con ella como una hermana y cuando la escribió desde el pueblo, la otra contestó a vuelta de correo y, más tarde, apenas la avisó, salió a esperarla al coche de línea, y, más tarde aún, la llevó por la ciudad, como quien dice de la mano, para que aprendiera a desenvolverse. En el fondo de su alma, la Desi veneraba a su amiga; admiraba su blanquísima piel; sus tibios, inexpresivos ojos azules; su lacio pelo rubio; su desenvoltura con los reclutas que la asediaban; su genio endiablado pero consecuente; su manera de exigir cuando la asistía un derecho y hasta los pies planos que la torturaban de más durante los interminables paseos dominicales y que, a la postre, la forzaban a sentarse en un banco o en el bordillo de la acera así fuese diciembre.

A la Desi, habituada a las pieles cetrinas, achicharradas por el sol, a espantarse los moscones a sopapo limpio, a reclamar a voces lo que la correspondía, los modales civilizados de la Marce la llenaron, primero, de sorpresa y, más tarde, de admiración.

Pero, a pesar de todo, el pueblo seguía en su sangre y, en ocasiones, la Desi decía deslumbrada:

—Madre, mira que la plaza esta si en lugar de estar

aquí la llevaran a mi pueblo. ¡Vaya cara que pondrían!

Su pueblo, pese a distar de la ciudad apenas siete leguas, se la antojaba un lugar vago y remotísimo; sin embargo, el pueblo era su inevitable punto de referencia. La Marce la regañaba:

—Olvídate del pueblo, coña; parece que no hubiera más cosas en el mundo.

Pero la Desi no podía evitarlo; era más fuerte que su deseo; más fuerte que ella misma:

—Anda que si el cine este en lugar de estar aquí estuviera en la plaza de mi pueblo.

Y abrumada de su propia audacia golpeaba sonoramente su dedo índice contra el dedo corazón y reía imaginando las caras del Picaza, que no había llegado más allá de Cerecilla, y la de la Matilde, y la de don Jerónimo, el párroco, y la de la Caya, su madrastra, y la de la Silvina, su hermana, y la del Fideo, y la de todos, si tal cosa aconteciese.

La Marce gastaba malas pulgas. Particularmente con el viejo se mostraba intolerante: "Vamos, a cualquiera que le digas que el tío roñoso ése te despacha con cuarenta duros no te lo cree". La Desi callaba, o, a lo más, apuntaba tímidamente: "Mira, Marce, peor para mí; a nadie tengo que dar cuentas". En estos casos, la Marce se subía por las paredes: "Dile por lo menos que te compre ropa, que se rasque el bolso el roñoso de él". La Desi soportaba en silencio las andanadas de su amiga porque sabía que al viejo no le sobraba y no quería estrujarle. No obstante, seis meses atrás, le pidió ropa, porque las dos batas que se trajo del pueblo estaban para dárselas con cinco céntimos a un pobre y el viejo la compró un mandil y la prometió que con la paga extraordinaria la mercaría un vestido y unas alpargatas. Pero llegó la extraordinaria y el viejo no se explicó. La chica intuía que ahora, después del cese, no era momento propicio. Dos noches antes había sorprendido al señorito quitando las bombillas de la sala y el retrete. El viejo se azoró al verla y dijo desde lo alto de la silla: "Lo que haya de hacerse aquí lo mismo se puede hacer a oscuras, ¿no crees, hija?".

Luego la tomó con la máquina de retratar. A los veinte días de darle el cese, la Desi se le encontró en la sala poniendo todo patas arriba. Antes solía pasar los domingos soleados en el balcón disparando la cámara sin película a diestro y siniestro, pero dentro de casa no solía enredar. Al ver a la chica la rogó que se recostara en el sofá y permaneciese quieta unos segundos porque iba a hacerle una fotografía con exposición. La Desi dejó la escoba y se situó muy rígida ante la cámara y le dijo sonriendo forzadamente, mirando de soslayo al objetivo:

—¿Va en broma o en serio, señorito?

Él entornó las maderas del balcón, buscando el efecto de luz:

—En broma, hija; hoy una película vale una fortuna.

Dijo ella:

—A ver si un día se tira un detalle y me saca una de verdad.

Ella, la Desi, soñaba con enviar un retrato suyo a la Silvina con objeto de que ésta se lo hiciera llegar al Picaza. Aunque a la Marce la decía que no, lo del Picaza con la Matilde la traía de cabeza. Y cuando se encontraba a solas no pensaba en otra cosa. Alguna noche, si veía abrirse el cielo con la estela de una estrella, decía para sí con gran fervor: "¡Que me quiera el Picaza! ¡Que me quiera el Picaza!". De niña la enseñaron que un deseo expresado en ese momento se cumplía indefectiblemente y para ella el anhelo más firme era que el Picaza la quisiera. Pero la Silvina, su hermana, la del Eutropio, la escribió últimamente: "Soy en decirte que el Picaza y la Matilde andan desde el verano a partir un piñón". De ahí que la Desi, aun cuando siguiera confiando a las estrellas errantes el amor del Picaza, siempre, al concluir su trayectoria, musitara como para sí con los ojos levemente empañados: "¡Madre, qué perro de hombre!".

En puridad, la Desi, fuera de la Verbena de los Quintos y las fiestas de la Virgen de la Guía, y el día de Santa Agueda en que mandaban las mujeres, no echaba de menos el pueblo. Tampoco la ausencia del Picaza la lastimaba. El Picaza, evocado a distancia, era un compendio de virtudes. El Picaza, desde la ciudad, no hedía a establo, ni andaba como a la rastra, ni sus piernas estaban arqueadas, ni tenía los ojos juntos. A medida que la Desi se urbanizaba iba emergiendo en su imaginación un Picaza urbano y próspero, semejante, en cierto modo, a los galanes que ella, de tarde en tarde, admiraba en el cine.

La Desi no frecuentaba más los espectáculos para no malbaratar su salario: "Si nos metemos todos los días en el cine, adiós jornal", decía a la Marce. Y la Marce la reconvenía: "Anda, roñosa; para lo que sirve el dinero". Pero a la Desi sí la servía el dinero. En tan sólo dos años y medio había juntado dos mudas, dos toallas, tres sábanas, una colcha azul y una maleta para su ajuar. De otra parte, la Silvina la había escrito: "Soy en decirte que para febrero a más tardar, el Picaza irá a ésa para la mili". Y ella, la chica, para cuando el Picaza llegara, quería comprarse un can-can y una rebeca heliotropo. Eran muchos los gastos. Por eso prefería pasear del brazo de la Marce, calle abajo y calle arriba, estimulada por la conciencia de que el salario quedaba intacto para cosas de más provecho.

De otro lado, el paseo tenía sus alicientes. Los reclutas se renovaban cada año y ella admiraba a los militares, sus andares pausados, rítmicos, deliberadamente responsables. Inconfesadamente sentía predilección por los de caballería, porque de una manera vaga la recordaban al Picaza. La chica no analizaba las razones. De haberlo hecho hubiera llegado a la conclusión de que era el olor a establo lo que les identificaba. La Marce, en cambio, prefería los de infantería, tal vez porque sus extralimitaciones, en particular si provenían del cabo Argimiro, la hacían absurdamente feliz. La Desi, por contra, no toleraba ni a los de infantería, ni a los de caballería, la menor audacia: "Toca otra vez, cacho asqueroso, y te suelto un bofetón que no te va a conocer ni tu madre", decía, llegado el caso, con los ojos fuera de las órbitas.

La chica conservaba un ahincado sentimiento de la honestidad y lo defendía con bravura. Este principio, en rigor no respondía a una base religiosa, ya que la Desi, en este aspecto, alentaba en su pequeño cerebro unas ideas elementales. Para ella la Virgen de la Guía, la Patrona de su pueblo, era lo más excelso del Universo. Al acostarse y al levantarse, la chica apuñaba los dedos en los labios y lanzaba un rosario de besos a la estampa de la cabecera de su lecho y, luego, balbucía, humillando su mirada tierna y cerril: "Con Dios me acuesto, con Dios me levanto, con la Virgen de la Guía y el Espíritu Santo".

Estos nombres formaban un confuso tropel en su cerebro. Apenas asistió de muy niña a la escuela y, al morir su madre, los quehaceres la retuvieron en casa. La Caya, su madrastra, por otra parte, no se preocupó de fomentar sus sentimientos religiosos. En el pueblo existían muchos casos semejantes. Sin necesidad de remontarse demasiado la chica recordaba el año que don Jerónimo, el cura, pretendió actualizar la fiesta de San Roque y, congregó, para ello, dos docenas de rapaces en el coro. Las piernecitas de los niños colgaban por entre los barrotes y sus bocas sonreían expectantes. Y les dijo el señor cura tan pronto llegó: "¿Quién es San Roque bendito?". Y las dos docenas de voces atipladas corearon: "¡Oh, San Roque bendito — que el Señor te escogió — para madre de Dios!". Don Jerónimo perdió el control: "¿Pero sabéis lo qué estáis diciendo? ¿Quién es Dios Nuestro Señor?". Dijeron a voces las dos docenas de rapaces: "¡¡San Roque bendito!!". Don Jerónimo se encolerizó, empezó a almacenar espuma en las comisuras de la boca y los expulsó del templo. Renunció a festejar a San Roque. Fue entonces cuando se inició el pleito entre don Jerónimo y don Fidel, el maestro, quien regentaba, además, una fábrica de adobes en las afueras del pueblo. El choque no sobrepasó el aspecto personal, mientras el señor cura no se topó a los rapaces cantando por las calles embarradas:

Padre nuestro, pichilín,
Dios nos tenga en un buen fin.
Por entre unos olivares
pasa una paloma blanca
más blanca que los cristales.

Al día siguiente, el señor cura se trasladó a la ciudad para dar cuenta al señor Obispo de que el maestro hacía sarcasmo de lo más sagrado. Posteriormente intervino la Inspección y aunque nada se pudo demostrar contra el maestro, que aducía que si los rapaces no comprendían las cosas naturales imaginaran su confusión al interpretar las sobrenaturales, don Fidel terminó por solicitar la excedencia por más de un año y menos de diez y dedicar su esfuerzo a la tejera. Don Jerónimo dijo que el maestro "hilaba muy delgado" y a partir de entonces, en el pueblo empezaron a decirle don Fideo en lugar de don Fidel.

Años después, cuando lo del cocherón, el pleito se avivó. El párroco decía que parecía mentira que un hombre de carrera cooperase abiertamente con las fuerzas del mal. A don Fidelín se le hincharon las narices y le dijo que él vendía adobes y nada más y que aviado iba si cada vez que le compraban un carro de ellos tenía que meterse a averiguar si eran para un water o para un kiosko. Don Jerónimo empezó a vocear y como era tan corpulento y tenía manos de pelotari, don Fideo no acertaba a argumentarle y se limitaba a decir formulariamente: "Bueno, ¿eh? Sin escupir". Y así andaban las cosas cuando la Desi se vino a la ciudad.

Por lo demás, la chica proseguía barajando en su pequeña cabeza conceptos distintos aunque con un común denominador: Dios, San Roque, la Virgen de la Guía, el Espíritu Santo. Las ideas religiosas de la Desi únicamente se mostraban claras en dos puntos: el paraíso que aguardaba a los que eran buenos y rezaban todas las noches, sin un solo fallo, el "Con Dios me acuesto, con Dios me levanto...", y que ella, la muchacha, identificaba con un purísimo cielo azul, como su colcha, surcado por alguna que otra vaporosa nube sobre las que flotaban los bienaventurados y un infierno tenebroso, con luz de llama, del que mantenía una idea precisa: el incendio de las eras de su pueblo, allá por agosto del 45. Un inmenso fuego, en el que ardían sin consumirse los cuerpos de los réprobos y de todos aquellos que, sin llegar a ser réprobos, hubiesen omitido por un descuido rezar alguna noche al acostarse o alguna mañana al despertar, el "Con Dios me acuesto, con Dios me levanto..."

De aquí que la Desi, aun en las jornadas más arduas, dirigiera cada noche sus planos ojos a la Virgen de la Guía y murmurara devotamente: "Con Dios me acuesto, con Dios me levanto, con la Virgen de la Guía y el Espíritu Santo". Tan sólo una vez, cuando la gripe, omitió la chica su oración y a las tres de la madrugada se despertó sobresaltada, sollozando. Se arrojó del lecho y oró, pero la anidó en el pecho el escrúpulo ya que el día concluía a las doce de la noche y únicamente cuando el viejo la aseguró que eso era para los astrónomos y los científicos, pero que para el resto del mundo el sol era quien iniciaba el nuevo día, la muchacha se quedó tranquila.

De entrada, la ciudad la había desconcertado y otro tanto la sucedió con su alcoba. Pero paulatinamente la ciudad fue haciéndosele familiar y su alcoba lo más personal e íntimo que la chica poseía. Allá, en el pueblo, jamás tuvo nada propio y por ello la ordenación de sus cosas, la posesión de su mísero tabuco despertaba ahora en su pecho un celo desproporcionado. No importaba que el aposento, con dos ventanillos de ordenanza en lo alto, preservados por una tela metálica y unos barrotes entrecruzados, fuera angosto y lóbrego. A la chica se la hacía asombrosamente luminoso y hasta consiguió insuflarle un acento personal "aunque su dinero la costara" como le decía a la Marce cuando ésta dejaba caer, con cierta reticencia, que allí había de todo.

Por primera providencia la Desi colocó una tablilla junto al lavabo desportillado, a modo de repisa, compró dos reales de papel de goma trasparente para fijar la estampa de la Virgen de la Guía a la cabecera del lecho y, sobre la apolillada cómoda, dispuso el caracol de piedra que de niña encontrara en el páramo y del que don Fideo decía que era un fósil, el papel de alfileres con las cabezas de colores y la foto de las fiestas del 50 donde borrosamente se definía el Picaza en una esquina, la hermana de la Desi, la Silvina, junto al Eutropio, y el Delfín, el chico mayor de Tomás, el del estanco, que andaba tras la Matilde. Al principio, la chica ocultaba esta fotografía junto a sus cosas reservadas, en una cajita de madera barnizada con una calcomanía en la cubierta y un espejo en el reverso. Pero después empezó a utilizar esta caja, cuya llavecita, enhebrada en un bramante rojo colgaba de su cuello, para guardar las cartas de su hermana, la Silvina, la que la Marce la dirigiera al pueblo meses atrás, una foto al minuto para el carnet de identidad y un recorte de un diario del año anterior sobre un accidente de automóvil en el que se mentaba a su pueblo, a don Jerónimo, el cura, a don Ulpiano y a don Federico, el doctor, aunque en el papel le decían equivocadamente don Francisco.

Pero lo que más estimaba la Desi era su tocador. Por consejo de la Marce que, pese a sus prontos, se había portado con ella como una hermana, y con el asentimiento de las chicas que se reunían con ellas los domingos en la misa de 7 de San Pedro, la Desi adquirió una cajita de crema "Bella Aurora" para el cutis. Y, cada noche, antes de rezar el "Con Dios me acuesto, con Dios me levanto...", se extendía ante el espejo una pellita del tamaño de un garbanzo. La chica esperaba un milagro. La Marce, en principio, la dijo: "Es la manera de echar fuera el pueblo". Y ella aguardaba, impaciente, la transformación. Y cada jueves y cada domingo, le decía a su amiga con su corta mirada ilusionada:

—Marce ¿eché ya fuera el pueblo?

La Marce adolecía de una brusquedad innata que apenas atemperaba ante los reclutas de infantería y, en especial, ante las audacias del cabo Argimiro. Decía:

—Anda, maja; no corres tú poco.

En la repisa, junto al estuche de crema "Bella Aurora" para el cutis, la Desi alineaba cuidadosamente una barra de labios, una docena de pinzas para el pelo, una bolsa de polvos, una cajita de betún y una pastilla de jabón de olor.

Todo su mundo se encerraba en aquel aposento y si algún día, por cualquier circunstancia, su espíritu flaqueaba o sus pies no pisaban firme, la muchacha se encerraba allí, se ponía a ordenar la repisa o la caja de la calcomanía y así, poco a poco, iba recobrando la serenidad. Y si ni aun así se sentía llena de algo, prendida de algún estímulo, tomaba de sobre la cómoda la foto de las fiestas del 50 y la contemplaba fija, insistentemente, hasta que las figuras terminaban por animarse y el Picaza la sonreía o la guiñaba un ojo. En estos casos el rostro romo de la muchacha se ablandaba, se le ahuecaban los agujeros de la nariz, el agrietado labio inferior se estremecía levemente, y sus ojos, de ordinario de una opacidad mate, se iluminaban con el brillo de una lágrima.

VII

POLDO Pombo, el sportman, solía decir en determinados raptos de romanticismo: "¿Quién de los cuatro sobrevivirá a los demás?". Por aquellas fechas Poldo Pombo se ejercitaba ya con las poleas gimnásticas del doctor Sandon, recomendadas por las principales celebridades médicas para el desarrollo muscular, y no dudaba que el superviviente sería él. Pero lo que son las cosas, Poldo Pombo, pese a las poleas gimnásticas del doctor Sandon, y a sus proezas sobre el biciclo, murió tísico el 8 de febrero de 1929.

Camino de la Estación Depuradora, el viejo Eloy se lo recordó a su amigo Isaías, e Isaías blandió el liviano bastón y dijo deteniéndose:

—El mejor recuerdo que guardo de Pombo es la vez que le regaló a mi hermana Lupe un lorito de pico blando. Lupe atravesaba un mal momento y el detalle de Pombo la ayudó a sobrellevarlo.

El viejo Eloy suspiró hondo. Se pasó fugazmente el pañuelo por la punta de la nariz. Últimamente, Isaías siempre se le escurría; no acertaba a cuadrarle en su terreno. Era un raro fenómeno su amigo. De un tiempo a esta parte tan sólo le preocupaban el afán por llegar a centenario, el sol, las muchachas y, en particular, su vientre perezoso. El viejo Eloy le instaba a hacerlo en el campo pero él se resistía tenazmente. Decía el viejo Eloy: "En primavera y verano yo me regulo y marcho como un reloj". E Isaías argüía: "Eso va en temperamentos, mira Aguado. Aguado se pone al corriente revisando legajos viejos. Él dice que es el polvillo, pero ¡vete tú a saber!".

Ya de chiquillo, Isaías era irregular, y su hermana Lupe le decía que recordaba a su madre aplicándole calitas de aceite a cada dos por tres y que ella lloraba pensando que habría de lastimarle. Desde niño fue Isaías la debilidad de su hermana Lupe. Por su parte, Isaías se justificaba con sus hermanas, afirmando que ellas eran la razón de su soltería y que, después de todo, su actitud nada tenía de heroica puesto que en su día tampoco ellas se casaron por atenderle a él. No obstante, en el Círculo, donde todo se sabía, aseguraban que Aúrea, la menor, jamás tuvo una proporción y en cuanto a Lupe, desde niña sorbió los vientos por Poldo Pombo, pero éste, fuera del detalle del lorito de pico blando, nunca le dio una esperanza. Estaba además lo del escándalo del guardia, que tampoco las hizo ningún favor.

Hubo un tiempo en que Poldo Pombo, Pepín Vázquez, que se fue sin guardar antesala, Isaías y el viejo Eloy constituyeron una sólida y apretada entidad. Era el tiempo en que el probo y honesto ciudadano don Nicomedes Fernández Piña, fue elevado a la dignidad de alcalde y, bajo su mandato, se acometió al fin la ingente obra del alcantarillado y el asfaltado de la Plaza y vías principales. Era, aquél, el tiempo de las vacas gordas y el alumbrado eléctrico sustituyó al alumbrado de petróleo y para celebrar la grata innovación, el Ayuntamiento organizó una sensacional Exposición de Agricultura, Industria, Comercio y Arte que mereció la atención del mundo entero. Aún resonaban los ecos del magno certamen, cuando el excelentísimo señor don Nicomedes Fernández Piña, al descubrir la estatua de Colón bajo una lluvia torrencial, cogió un resfriado que degeneró en pulmonía y cuatro días después falleció resultando inútiles los remedios de la ciencia. El diario local destacó la dolorosa pérdida con un laconismo patético: "Don Nicomedes Fernández Piña. — Alcalde de la Ciudad. — Falleció en cumplimiento de su deber. — D. E. P.".

Por aquellos días, el viejo Eloy iniciaba su actividad municipal aunque la pierna del tío Hermene, su segundo calor, empezaba ya a darle guerra. El tío Hermene le decía al pequeño Eloy que su afición por los problemas municipales le venía de herencia. El tío Hermene era un ser de una delicadeza vegetal, con un ingenio pronto para improvisar agudezas y defender causas perdidas. Pero era muy independiente y prefería no enredarse y si andaba entretenido con los naipes rehuía cualquier pleito alegando que estaba atareado. De cuando en cuando, el tío Hermene le leía las cartas que su padre dirigía al diario demandando civilidad e, inevitablemente, al concluir, afirmaba que aquellas cartas podría firmarlas Cervantes pero las firmaba Eloy Núñez porque la vida es así de voluble y caprichosa.

Frente a la Estación Depuradora, el viejo Eloy dio dos vueltas sobre sí, buscando la cara del sol, y le dijo a Isaías después de pasarse el pañuelo blandamente por el extremo de la nariz:

—Mi tío Hermene era un hombre comprensivo,

eso es. Un día le dije que no quería ir a la escuela, y ¿sabes qué me contestó?

Isaías le enfocó su sonrisa dorada:

—¿Qué? — inquirió.

—Me dijo: "Haz lo que quieras, la vida es corta y si nos la amargamos unos a otros obligándonos a hacer lo que no nos gusta no valdría la pena vivirla". Por esa razón yo entré en el Ayuntamiento.

Los paseos cotidianos del viejo Eloy y su amigo Isaías databan de 1929, cuando la muerte de Poldo Pombo, el sportman. Hasta entonces su relación fue constante pero discontinua. A partir del 9 de febrero de 1929 se regularizó y ambos se encontraban a las cuatro de la tarde en los soportales, junto a la papelería de Afrodisio Niño. Cinco lustros atrás andaban sin medida y platicaban con juvenil ardor. Pero, poco a poco, el ardor fue cediendo, y, con el ardor la locuacidad y, con la locuacidad, la longitud de los paseos. A partir de los 60, sus caminatas rara vez rebasaban el cementerio, la Estación Depuradora o el merendero de Gasparín Márquez. A esas alturas, uno y otro caminaban despacito, como con desgana y la conversación fluía asimismo despacito, como con desgana. Su relación estaba hecha de silencios y acuerdos tácitos. Se criaron juntos, crecieron juntos, vivieron el mismo ambiente y al cabo de los años ninguno de los dos se sentía ya capaz de sorprender al otro. Fue necesario llegar a la vejez para que de nuevo todas las cosas les parecieran asombrosas y dignas de ser contadas. Y con el recrudecimiento del diálogo llegó la discrepancia. Isaías no le entendía o no quería entenderle. Isaías se negaba a elaborar su presente con su pasado. Era cierto que los tiempos habían dado un viraje radical pero ello no justificaba que Isaías hubiera virado con ellos. Al viejo Eloy le dolía esta identificación de Isaías con una época que no era la suya, una época que no admitía parangón con la de su juventud.

En sus tiempos todo el mundo era más serio y los problemas serios se dirimían sin prisas, con la pertinente seriedad, y el propio Ayuntamiento de don Nicomedes Fernández Piña se reunió doce veces en Pleno Extraordinario en 1903 para decidir el asfaltado de la Plaza y catorce en 1904 para acordar la instalación del alcantarillado. Y no sólo eran serias las entidades, sino que con los funcionarios acontecía otro tanto. Cuando él ingresó en el Ayuntamiento, sus compañeros rara vez dedicaban sus ocios a hablar de mujeres y frivolidades. En su época se discutía la decisión del Conde de las Almenas de apoyar la creación de los Jurados Mixtos o el paro general de Barcelona. El propio Isaías, que acababa de montar su Agencia de Publicidad en la calle de los Gremios, decía: "El primer efecto de los Jurados Mixtos será facilitar las relaciones entre patronos y obreros y establecer la debida armonía entre capital y trabajo". Las cosas eran así y, de repente, no se sabía a ciencia cierta porqué, cómo, ni cuándo, todo había cambiado. El viejo Eloy constataba el hecho pero no acertaba a precisar sus causas. A veces pensaba en la guerra pero, a su juicio, la guerra no justificaba tal metamorfosis. Lo cierto era que los jóvenes actuales, como Carrasco, mataban la mañana haciéndoles muecas irreverentes a los viejos y si, ocasionalmente, adoptaban una actitud reflexiva y consciente era para afirmar, como hacía Mauro Gil, que una butaca de cine le representaba a un funcionario tres horas de trabajo y que tal cosa no guardaba paridad.

De regreso de la Estación Depuradora, el viejo Eloy le recordó a su amigo Isaías su discusión con Pepín Vázquez por mor de los Jurados Mixtos y de la actitud del Conde de las Almenas frente a la cuestión, pero Isaías golpeó el pavimento con la contera de su bastón y, sin dejar de sonreír al sol y a la vida, dijo displicentemente:

—Vázquez fue toda su vida un neurótico. Recuerda que en sus depresiones migaba coco en el estanque del parque para matar a los peces de colores.

El viejo Eloy conoció a Isaías a los seis años, en el colegio de Madame Catroux, la francesa. Isaías peinaba bucles entonces y los compañeros le decían: "Isabelita", mas él se engallaba y replicaba con su vocecita incipientemente meliflua: "Si soy niña, mejor para mí". A los nueve años su hermana Lupe le cortó los bucles pero le perfumaba y era aún peor. Ya de adolescente, las muchachas no le interesaban y si Poldo Pombo, el sportman, proponía merodear por la Casa de Baños para sorprender a la Paquita Ordóñez en *deshabillé*, él les aguardaba sentado en un banco de las proximidades. Aún Poldo Pombo no era famoso porque no había ido a San Sebastián en biclicleta en tan sólo dos etapas; ni a Madrid de un tirón, para la coronación del rey; aunque utilizara ya las poleas gimnásticas del doctor Sandon, recomendadas por las principales celebridades médicas para el desarrollo muscular.

Poldo Pombo, el sportman, vivía bajo la obsesión del vigor físico y cuando regresó de Madrid dijo decepcionado: "Bah, el rey es un alfeñique; para eso

tanto ruido". Sus amigos le acosaron, interesados por
el ceremonial, e inquirían si era cierto que los trenes
porteaban viajeros hasta en los techos y los W. C., y
si las habitaciones se pagaban a seis duros, y si asis-
tieron príncipes extranjeros y cómo resultaba la mezcla del gas con la maravilla de la electricidad y, en
fin, si era cierto que Su Majestad trompicó en la alfombra al prestar juramento y que el Marqués de la
Vega Armijo le advirtió: "Majestad, un tropezón cualquiera da en la vida. Procure V. M. que sea el último".
Pero Poldo Pombo se desentendía de todo, adoptaba
un gesto hosco como si se sintiera estafado y al fin
decía: "No tiene media guarra, os lo digo yo".

Isaías era la antítesis de Poldo Pombo. Isaías sonreía siempre, desde niño. Ahora, de viejo, mostraba al
sonreír tres dientes de oro. A la Desi, la muchacha,
los tres dientes de oro del señorito Isaías la tenían fascinada. A los pocos días de llegar a la ciudad le dijo
al viejo Eloy: "Se ve a la legua que el señorito Isaías
tiene de aquí". Hacía ademán de pasar billetes. La
dijo el viejo: "Hija, ¿por qué piensas esas cosas?". La
chica se levantó el labio superior, como veía hacer a
don Ulpiano con los caballos para mirarles la edad y
exhibió unos dientes amarillentos y desiguales: "¡Otra!
— dijo —. Tiene tres piezas de oro". Se soltó el labio
pero como el viejo no respondiera añadió: "Hace bien.
Si yo tuviera capital, lo primero toda la boca de oro".
Casi se lo echaba en cara al viejo Eloy porque la dentadura que éste depositaba por las noches en un vaso
de agua no tenía ni siquiera una pieza de metal pla-
teado. Pese a ello también la dentadura movible de su
señorito había asombrado a la muchacha a su llegada.
Al principio la Desi pasaba largos ratos contemplando

aquel artefacto con estupor, como hubiera mirado a un estómago haciendo la digestión por su cuenta sobre una mesa. La sobrecogía la idea de que aquella armadura rosada donde se incrustaban las piezas pudiera ser carne, pero una mañana osó tocarla y al comprobar su rigidez se había desilusionado.

Isaías, su amigo, sonreía siempre, desde chico. Entre esto, y su voz meliflua y su olor a perfume y su predilección por las corbatas llamativas y su repulsión por la Casa de Baños, cogió mala fama. Su amigo Eloy, sin embargo, juzgaba infundados los rumores que corrían por el Círculo, ya que la manera de ser de Isaías obedecía, a su juicio, el hecho de haberse criado entre mujeres. Él, muchos años antes, se esforzó en reivindicarle pero a Isaías cada vez le azoraban más las muchachas. Un día, sin dar cuenta a nadie, Isaías se ausentó de la ciudad y regresó a las dos semanas afirmando que la ciudad era como un colegio de párvulos, que para frivolidad París, que en París las muchachas no se vendían se regalaban, que las vedettes con una hojita y pare usted de contar y si alguno de sus amigos deslizaba una tímida alusión a las camareras del Fígaro, Isaías hacía una mueca despectiva y decía: "Para eso París". Y aunque Poldo Pombo, el sportman, recelaba y decía socarronamente: "Isaías mucho de boquilla", en el Círculo empezaron a respetarle y para designarle se recurría al estribillo de "ese de la vida morigerada que, sin embargo, la corrió en París...".

Lucita, la mujer del viejo Eloy, experimentaba hacia Isaías una viva aversión. Con frecuencia le preguntaba a su marido qué veía en ese hombre para soportarlo a diario. Ella ignoraba que detrás de Isaías estaban Madame Catroux y su colegio de párvulos; y estaban Poldo Pombo y sus biciclos y las poleas gimnásticas del Dr. Sandon; y estaban la Antonia y su primer calor; y estaban el tío Hermene y sus lúcidos golpes de ingenio y la Rosina, la hija de la Fuensanta, la criada murciana; y estaban la Paquita Ordóñez y su frivolidad y la Casa de Baños; y estaba Pepín Vázquez y su melancolía; y estaban las chicas del Fígaro y la pelea con los cadetes y los Jurados Mixtos y, andando el tiempo, estaban incluso ella y Goyito, su hijo menor, que se marchó a los 22 sin hacer antesala, y toda una vida.

Los paseos del viejo Eloy y su amigo Isaías concluían ordinariamente ante los viejos muros verdigrises de San Ildefonso, donde se remansaba el último sol. Esta tarde, en la plazuela se reunían muchos niños de corta edad y muchachas parlanchinas del tiempo de la Desi. El viejo Eloy golpeó a su amigo insistentemente en el antebrazo y sin volverse del todo para no perder la caricia del sol le dijo de medio lado:

—El superviviente está entre tú y yo, eso es.

Isaías entrecerró los ojos para protegerles.

—¿El superviviente? — dijo.

—Claro — agregó el viejo Eloy —. Poldo Pombo decía: "¿Quién de los cuatro sobrevivirá a los demás?". ¿Es que ya no lo recuerdas?

Isaías se recostó en el viejo paredón, los ojos voluptuosamente cerrados.

—Pombo — dijo —. El mejor recuerdo que guardo de Pombo es la vez que le regaló a mi hermana Lupe un loro de pico blando. Lupe atravesaba un mal momento y el detalle de Pombo la ayudó a sobrellevarlo.

Medio sol, un sol hinchado de color naranja se

ocultó allá, tras un cerro descarnado, y una progresiva paralización fue adueñándose de la plaza que en pocos minutos quedó oscura, fría y en silencio. La piedra aún conservaba un resto de calor cuando el viejo Isaías abrió los ojos y vio a Eloy limpiándose maquinalmente la punta de la nariz con el pañuelo. Isaías acentuó su dorada sonrisa, fustigó el aire con el bastón, se encajó a tientas el sombrero y dijo con una sonrisa iniciando lentamente la marcha:

—Andando poquito a poco.

VIII

A mediados de noviembre, como cada año, se desató el Norte. En unas horas el Parque quedó desnudo y despoblado a excepción de los gorriones y las urracas que soportaban impávidos los rigores invernales. Los árboles, sacudidos por el viento, semejaban una zarabanda de esqueletos sobre una brillante alfombra de hojas amarillas. Dos días después el viento amainó. Empezaron a alzarse del río las nieblas del otoño y la ciudad se sumió en un estatismo agarrotado, precursor de las rígidas escarchas de diciembre. Mas antes que los hielos llegó este año la nieve. Se presentó embozada de unas metálicas nubes grises que en un santiamén cubrieron la ciudad y la bombardearon lenta, persistentemente, con sus copos ingrávidos, revistiendo de blanco las calles y tejados. Y, contra toda previsión, el temporal se prolongó cinco días con cinco noches. La vida en la pequeña ciudad se resumió en sí misma, como el caracol en su concha, aguardando mejor circunstancia para renacer.

El viejo Eloy, desde la cama, captaba cada mañana el glacial silencio de la calle. De vez en cuando emitía una bocanada de aliento sólo por el capricho de verlo cuajar por encima de él en deleznables nebulosas blanquecinas. Desde hacía una semana se levantaba más tarde que de ordinario. La jubilación no alcanzaba y había dado instrucciones a la Desi para no prender lumbre hasta las once. Ahora, acurrucado en el lecho, le parecía oír el blando posarse de los copos sobre el asfalto. Sentía frío, un frío impreciso que le hacía estremecer. Para mitigarle refugiaba la punta del pie izquierdo tras la articulación de la rodilla derecha y luego cambiaba. Al fin, cansado de este juego, se rascaba áspera, obstinadamente el vientre por encima de la faja hasta sentir la concentración de sangre bajo la piel. Movía dubitativo la cabeza: "Gil asegura que hoy un hombre a los 70 no es un viejo; será un decir, creo yo".

Unos días antes se le encontró en la Plaza, pero Gil le tendió una mano desmayada y húmeda, abrió mucho sus ojos austeros, y dijo sin detenerse: "Discúlpeme, don Eloy; llevo prisa". Al alejarse murmuró entre dientes: "Demonio de viejo, en cinco semanas ha pegado un bajón de cinco años". No obstante, volvió la cabeza, agitó la mano y voceó: "¡Conservarse! ¡La jubilación le ha quitado a usted cinco años de encima!".

Mientras la nieve se descolgaba, el viejo Eloy pensó que la vida es una sala de espera y que como en las salas de espera hay en la vida quién va de la Ceca a la Meca para aturdirse y olvidarse de que está esperando. Hacía una semana que se recreaba en estas lucubraciones. Un día se le ocurrió que los viejos se ponen al sol porque ya llevan el frío de la muerte dentro. La depresión que en su ánimo pudieran producir estos pensamientos se compensaba por la creencia de que eran unas ideas lúcidas e inteligentes. Pero si meditaba algún tiempo sobre ellas, llegaba a la desoladora conclusión de que, inteligentes o no, las

tales ideas no le eran propias. Ya Pepín Vázquez afirmaba en 1930 que la jubilación era la antesala de la
muerte y, sin remontarse tanto, Carrasco, su compañero de Negociado, cada vez que cruzaba ante los
muros de San Ildefonso, decía cínicamente que los
viejos y los ajusticiados se arriman a la pared para tener donde apoyarse en el momento de la caída.

Propias o no, tan pronto estas ideas empezaban a
desperezarse en su cerebro, el viejo Eloy se arrojaba
de la cama tiritando, se embutía en su mustio batín
gris y corría a refugiarse en la cocina. Allí, junto a la
Desi, oyendo el dulce crepitar de la lumbre en el hogar, experimentaba una plácida sensación de equilibrio:

—¿Llamó el cartero, Desi?

—Ande, ya va para rato.

—¿Y nada?

—Nada.

Movía la cabeza para disimular su contrariedad:

—Bueno, hija —añadía—. Ante todo buenos días,
que no había saludado.

Se sentaba en el taburete, pegado al fogón, las manos tembloteantes y violáceas patéticamente abiertas
sobre la chapa. Cualquier menudo incidente bastaba
para establecer comunicación:

—¡Jolín!, me quemé.

—Anda con ojo, hija.

—¡Otra! ¿Y qué quiere que haga?

La Desi se embadurnaba el dedo lastimado con
aceite crudo y harina. Explicaba:

—Allá en el pueblo, Marcos, mi medio hermano,
se abrasó una vez las piernas cuando las hogueras de
San Juan.

—¿Tienes un mediohermano, hija?

—Tenía. Práxedes, el Raposo, le sacó las tripas con una horca cuando la riada del cincuenta y dos.

—¡Vaya por Dios! ¿Es eso cierto?

—¡Mire! Tan cierto como que me llamo Desi.

—Dime, hija, ¿cómo fue eso?

Por un instante la muchacha interrumpía sus quehaceres. Observaba al viejo con un asomo de irritación, pero le veía tan desmantelado que terminaba por reanudar su tarea y añadía pacientemente:

—El Raposo tampoco tuvo la culpa, no se vaya usted a pensar. El río le arrastraba la vaca y el Marcos, que era inocente, no hacía más que vocear: "¡Qué llueva, qué llueva, la Virgen de la Cueva!". Y entonces fue el Raposo, agarró la horca y le dejó en el sitio. Todo, en menos de lo que se tarda en decirlo.

La Desi, al concluir, agitó la mano lastimada en el aire:

—¡Jolín!

El viejo arrugaba la cara:

—¿Duele, hija?

—¡Mire! Don Federico decía: "No hay cosa peor que una quemadura seca y una mancadura de zapato".

—¿Don Federico?

—A ver; el médico de mi pueblo.

—¡Ah!

Fuera, se descolgaba la nieve fúnebremente. En las ramas entumecidas de los plátanos se formaba una leve cenefa blanca. El viejo miró a la ventana y se estremeció. Luego cruzó los brazos sobre el estómago y dijo:

—Y ese muchacho, Desi, ¿qué fue de él?

—¿Qué muchacho?

—El Zorro, hija, el de la horca.

La chica soltó una risotada y se golpeó el muslo con la palma de la mano:

—¡Qué Zorro, ni qué demontre! El Raposo querrá usted decir.

—Eso, hija, el Raposo.

—Lo empapelaron, pero no era ningún muchacho, no se crea. Apuesto a que el Práxedes no cumple ya los treinta, ya ve.

El viejo suspiró. Por un momento no se oía en la cocina sino el doméstico fragor de las cacerolas en el hogar. La mirada del viejo vagaba inquieta de un lado a otro. Al cabo se detuvo en la Desi. Dijo con tono soñoliento:

—También la señorita abrasó una vez a Goyito, mi hijo segundo, con una botella de agua caliente.

—¿El que murió?

—Ese. Era un diablo de chico. No había trastada que no se le ocurriera a él. Cuando mi mujer le quemó no tendría arriba de dos semanas. Le llevaba en el cochecito al médico y el chico se rebulló y se abrasó. Como lloraba, ella decía: "¿Qué le ocurrirá hoy?". Pero el doctor dijo al desfajarle: "Ajajá, esto es una quemadura de segundo grado". Y tanto Lucita, bueno mi señora, como yo nos asustamos. Y ella, finalmente, se echó a llorar.

La Desi, en el centro de la cocina, observaba al señorito sin pestañear, las rojizas manos cruzadas sobre el regazo. A la chica se la antojaba que el viejo contaba muy bien las historias pero siempre temía que las dejase inconclusas. Esto acontecía con frecuencia, cuando, sin motivo aparente, su mirada se volvía lejana y como traslúcida. Ella le tendió un puente para evitarlo:

—¿Y murió de eso la criatura?

El viejo sacudió obstinadamente la cabeza:

—¡Oh, no! El doctor dijo que en una criatura tan tierna la cosa podía ser grave, pero le cortó la vejiga y le recetó un medicamento para... — sacó el pañuelo del bolsillo y se lo pasó blandamente por la punta de la nariz — ...para espolvoreárselo con un pulverizador. Lucita, bueno, mi señora, y yo nos turnamos toda la noche y a la mañana la herida estaba casi cicatrizada. Pero la criatura seguía berreando y al fin mi señora se dio cuenta de que hacía más de doce horas que no le daba de mamar.

La chica sonrió tenuemente.

—Para sabido — dijo —. Si a usted le dicen que el chico la doblaría joven ni se toma esa molestia ¿no es cierto?

El viejo calló. Sus conversaciones con la muchacha tenían esta ventaja. Ella jamás exigía una correspondencia. Si él hablaba, ella se lo agradecía y nada más. Pero en los últimos días, había ratos en que el viejo se impacientaba. Entonces se llegaba a la ventana para ver caer la nieve. De cuando en cuando decía como para sí: "Ahí vuelve Martínez del almacén". O bien: "Don Estanislao no deja las cotizaciones así se hunda el mundo, eso es". O bien: "Ya va don Demófilo a la Escuela Normal. Las doce menos tres minutos".

Al quinto día de temporal, la Desi se asomó a la ventana con él. La ciudad, aletargada bajo la nieve, apenas dejaba trascender su vitalidad por las bocas de las chimeneas. El mundo era un enrarecido silencio. Cruzó un ciclista y, ante la ventana, la rueda trasera describió un fulminante zig-zag. La muchacha se palmeó sonoramente el muslo y soltó una carcajada:

—A poco coge una liebre el pelado ése — dijo.

El viejo la reconvino:

—Hija, ¿por qué razón ha de ser un pelado?

—Ya ve, manías — dijo la chica.

El viejo se volvió, arrimó el taburete a la lumbre, se sentó y dijo, cruzando lentamente los brazos sobre el estómago:

—Poldo Pombo, un amigo mío, se fue hasta Madrid en bicicleta. No creo que fuera un pelado por eso, hija. Él sólo quería asistir a la coronación del rey.

La frente de la muchacha se frunció en un esfuerzo. Dijo al fin, cálidamente, la mirada encendida y como si diera de pronto con la solución de un problema largo tiempo perseguida:

—El rey es el que mandaba en todo, ¿no es eso, señorito?

—Así es, mandaba en todo menos en el destino. Ya ves, hija, un hombre que disponía de todas las cosas, en cambio no tenía padre.

A la chica se le enfrió la mirada:

—No empiece — dijo con cierta suspicacia —. Padre lo tiene hasta el más pobre.

—Pues él no lo tenía; así son las cosas, hija. Cuando nació lo envolvieron en pañales negros. La criatura, con todo su poder, jamás conoció a su padre.

La Desi se espantó de un manotazo un mechón de pelo de la frente. Dijo con reprimida animosidad:

—Ya está usted con la copla de siempre.

Fuera, la nieve continuaba descolgándose con una obstinación irritante. Una yerta rigidez cubría las calles y tejados. El viejo Eloy, cada vez que se arrimaba a la ventana, experimentaba la impaciencia propia de la reclusión. La blancura del panorama urbano le lastimaba los ojos. A veces, junto a la lumbre, se trasponía, y la Desi, la muchacha, había de llamarle la atención: "Señorito, el pañuelo". Se tocaba delicadamente la nariz. Decía el viejo, sobresaltado, sacando apresuradamente el pañuelo del bolsillo del batín: "Gracias, hija". Algunos ratos, con objeto de distraerle la muchacha le contaba historias de nieve, como la de la Adriana, la resinera, la que apuñalaron una noche a la entrada del monte, o la de las fiestas de los Quintos del 47 cuando se puso a nevar y los forasteros quedaron bloqueados y el pueblo entero se hartó de bailar durante cuatro días con cuatro noches, o la cacería del zorro con el Eutropio, su futuro cuñado, una noche de luna.

Decía la chica:

—El raposo hacía cada día una de las suyas y se zampaba una gallina del corral. El Eutropio, o sea mi cuñado, decía: "Cualquier noche le aguardo y va a pagar de una vez por todas". Y aprovechó la nevada y la luna y va y nos dice: "¿Queréis subir?". Y subimos con él yo y mi hermana, la Silvina. Él se apostó en el ventano del gallinero y no decía palabra y yo y la Silvina venga de mirar por encima de su hombro.

El viejo observaba a la chica distraídamente:

—Sí — dijo.

Prosiguió la Desi:

—La nieve brillaba con la luna y los pinos a contrapelo parecían talmente negros. Allá anduvimos más de dos horas de reloj, que se dice pronto. Y de repente, el Eutropio se vuelve y nos chista y va y nos dice: "Ve, ahí viene, a callar". Y el pellejo de él se arrimaba de culo para arrancarse...

Cortó el viejo.

—Desi, hija, no digas disparates.

La muchacha se encampanó:

—¿Es que acaso está mal dicho?

—No es eso, Desi, pero se pueden decir las cosas de otra manera.

Súbitamente la cocina pareció inundarse de luz. La chica, que iba a replicar al viejo, levantó la cabeza de un golpe, como espantada, observó un momento atónita en derredor y, finalmente, corrió hacia la ventana, voceando con un leve acento histérico:

—¡El sol, señorito! ¡Es el sol!

Una brisa queda empezó a batir las yertas ramas de los plátanos y cuarteó el brillante cielo plomizo y, entre las hendiduras, se filtró una húmeda, amarilla luminosidad que fue henchiéndose paulatinamente a medida que el viento ahuyentaba a las nubes como el perro a las ovejas de un rebaño.

IX

El domingo 11 de diciembre, la Desi, la muchacha, cumplió veinte años. La víspera la había dicho a la Marce por el sórdido patio de luces con acendrada melancolía: "Marce, chica, ya voy para vieja". Y no era un decir, porque la Desi desde que tuvo uso de razón pensó que, en efecto, la vejez se inicia con la segunda decena de la vida y la chica que no se casa antes de esa edad, de no espabilarse, se queda para vestir santos. Y para mitigar su depresión, la muchacha se refugió en su alcoba, los cerriles ojos clavados en la foto de las fiestas del 50, y por una inesperada circunstancia, el Picaza se resistió esa tarde a sonreírla o a guiñarle un ojo, y cuando el señorito la llamó para la lección, hubo de empolvarse la cara y sorber por dos veces la moquita para que él no advirtiera que había llorado. Y el viejo la tendió el diario, como de costumbre, señalándole con la uña uno de los negros titulares y ella deletreó:

—El-Ca-u-di-llo-re-cha-za-pu-e-Es-pa-ña...

Dijo el viejo:

—No, Desi; no es "pue" sino "que". Si la letra que sigue está detras de la barriga de la primera ésta es "p" y no "q". ¿Comprendes?

—Sí, señorito —dijo ella sin ninguna convicción.

—Apréndelo de una vez, hija. Piensa una palabra que empiece por "pe" o por "pi". Una palabra que te caiga en gracia ¿oyes? De este modo no lo olvidarás.

La chica movía los labios como si rezara y sus párpados entornados delataban una dolorosa concentración. El viejo la observaba encarecidamente. De pronto, la muchacha se sofocó, redondeó los ojos, se llevó las dos manos a las rojas mejillas y volvió a él su cabeza triunfante:

—¡¡Picaza!! —dijo exaltada.

—Bueno, picaza, vale —dijo él—. ¿Cómo se te ocurrió una palabra tan rara, hija?

Ella sonreía azorada y seguía musitando "Picaza, Picaza" maquinalmente y, al fin, añadió:

—Es una amistad.

Dijo él:

—¿Una amiga tuya se llama con ese nombre?

Se acentuó el sonrojo de la chica:

—Es un mote ¿sabe? Y es un amigo, no una amiga, para que se entere.

—Está bien, hija.

Ahora, junto a la Marce camino de la iglesia, pensaba en lo diferente que era la "p" de la "q" y en lo divertido que resultaba que la "i" de Picaza se refugiase, como acobardada, tras la gran barriga de la "P". Mas no le dijo nada a la Marce. Aunque a veces experimentaba deseos de revelar su secreto era más fuerte su anhelo de sorprenderla.

Aún no había amanecido y la escarcha blanqueaba el césped del parque y las huellas de las muchachas quedaban impresas en el sendero. La Desi, embutida en su abrigo color ladrillo, prendía a su amiga por el brazo, a la altura del codo, y la decía confidencialmente que no creía que la Tasia se casara porque los hombres una vez que entran en el prado ya no se casan. El abrigo color ladrillo la venía muy justo a la Desi y por los bajos asomaba el percal de la bata. Antes lo usaron la Doro, la Silvina, la Candi y la Alfonsina y ella lo heredó a los 14 años y aunque hoy cumplía los veinte y la prenda la venía estrecha, y estaba mustia y sudada por los sobacos, la chica pensaba prudentemente que aún podría tirar otras dos temporadas.

La iglesia se alzaba del otro lado del parque y en primavera y verano la Desi aprovechaba el despertar de los pájaros para migarles un pedazo de pan al tiempo que imitaba el silbido de los mirlos. Los gorriones y las palomas acudían a su silbido y rodeaban a la muchacha y en ocasiones, si iba sola, se posaban confiadamente sobre sus manos y sus hombros. A la Marce la descomponía la actitud de su amiga: "Llevas el pueblo en la sangre", la dijo un día. Y la Desi pensó abandonar su costumbre, mas el domingo siguiente los gorriones la miraron con unos ojos tan suplicantes, gorjeando de un modo tan lastimero que decidió volver a las andadas aunque la Marce se enojase. Pero la Marce se limitó a encogerse de hombros y sólo la dijo: "Eres más bruta que la pila de un pozo, maja".

Sin embargo, en invierno no amanecía Dios hasta las ocho dadas y no existía problema. Los pájaros aún dormían cuando ella atravesaba el parque. La Marce la había dicho en la escalera esta mañana: "Que cumplas muchos, maja", y la besó formulariamente en la mejilla. La Desi se sonrojó y la recordó que la invitaba a desayunar en la churrería, pero que no dijese una palabra a las otras porque ya sabía cómo las gastaba la Tasia y que hoy no estaba para pitorreos. En efecto, en la iglesia no acertó a concentrarse, ni sintió como otras veces, sobre su nuca humillada, cuando la elevación, la mirada de la Virgen de la Guía. De ordinario, la Desi, permanecía en misa distraída, haciendo muecas a sus compañeras o riéndose de las trazas de los cazadores que se alineaban con sus arreos, como un ejército, en los bancos de la izquierda. Únicamente se recogía devotamente cuando el monaguillo tocaba la campanita. En estos momentos la muchacha advertía que la Virgen de la Guía se filtraba a través de la alta cúpula y entonces se encogía sobre sí misma, sintiéndose polvo y ceniza, y se golpeaba rítmica, ardorosamente el pecho con el puño cerrado, mientras murmuraba: "Con Dios me acuesto, con Dios me levanto, con la Virgen de la Guía y el Espíritu Santo". Y reclinada sobre la madera recibía el impacto de los ojos de la Virgen como el pinchazo de una aguja sutilísima en la primera vértebra cervical; por unos instantes permanecía inmóvil, como petrificada, hasta que la campanita agitada reiteradamente por el monaguillo anunciaba que la Virgen había regresado al cielo a través de la alta cúpula, sin romperla ni mancharla, y ella, la Desi, podía tornar impunemente a sus codazos y sus muecas con las compañeras.

Al concluir la misa, las chicas comentaban en el atrio las novedades de la semana: los despidos, los ingresos, las enfermedades. O se hacían las presentaciones de las nuevas en el barrio, mientras en lo alto de la calle se iban borrando las estrellas:

—Aquí, mi hermana; aquí, una amistad.

O rodaban los consejos bienintencionados:

—Como eso de echarse otro novio de verano como

hace la Nati. Eso, por mucho que ella diga, no está bien hecho.

O bien:

—No te metas algodones, Puri, hazme caso. Luego toca él y lo que pasa.

O bien:

—¿Sabes lo que me dice el Emiliano? Que si no le contesto, para el mes que viene pide relaciones a mi hermana, date cuenta.

Pero hoy la Marce no dio tiempo a comentarios porque tan pronto el corro empezó a formarse, ella se situó en el centro y dijo señalando a la Desi:

—Chicas, hoy es el santo de ésta.

La Desi, la muchacha, apenas tuvo tiempo de turbarse porque dos docenas de compañeras se abalanzaron sobre ella, la prendieron por las orejas y el cabello y no pararon hasta hacerla rodar por las piedras del atrio, entre un cacareo aturdidor. Al incorporarse, la chica sangraba por las rodillas y con el pelo alborotado, derramado en greñas por el rostro, parecía un personaje cómicamente caracterizado. Mientras se sacudía el polvo del abrigo color ladrillo, oyó la voz de la Tasia:

—No sabía que fuera San Antón.

La Desi alzó la cabeza, hinchadas las venas de la frente y dijo con voz sofocada:

—¡Calla la boca tú, estropeabarrigas!

Estaba a punto de llorar pero no lo hizo por amor propio. No obstante, camino de la churrería, a solas con la Marce, cuando Dios amanecía por encima de los tejados, la advirtió tímidamente:

—¿A qué ton hiciste eso, Marce? Ya te dije que hoy no estaba para pitorreos.

La Marce levantó los hombros:

—Vamos, maja, no te tomes las cosas tan a pecho.

La Marce andaba arrastrando los zapatos como un recluta y su fofo busto se movía a compás de cada zancada. La Desi, cuyas piernas eran más cortas, correteaba como un perrillo a su lado para parear el paso al de su amiga. No abrió la boca, sin embargo, hasta no verse sentada a la rústica mesa de la churrería. En un rincón había una cuadrilla de cazadores que hablaban a voces y en el mostrador, un borracho noctámbulo bebía un vaso de aguardiente. En la mesa de al lado, cuidadosamente plegado aún, estaba el periódico del día. La Desi, la muchacha, le miró de reojo. El titular más grueso de la primera plana podía leerlo de un tirón. Estuvo a punto de hacerlo, pero se aproximó el camarero y ella se dominó. Después de pedir los chocolates se volvió a su amiga:

—En un sitio como este se celebran las bodas en mi pueblo.

La Marce estaba como distraída:

—¿No es dónde el tío Boti? —dijo con desgana.

—Sí, donde el tío Boti. ¿Por qué lo sabes, Marce?

—Ya estuve allí.

La Desi olvidó súbitamente su rencor y aproximó su banqueta a la de su amiga:

—Digo —dijo con aire confidencial— que yo he de casarme en tal día como hoy. Desde que era una chavala lo tengo determinado. La boda el día de mi santo. ¿Tú, Marce?

—Ya veré.

—En vida de mi madre, ella decía: "A cada una os daré una gallina el día de la boda, como hacía mi difunta suegra". Pero ella se murió y la Caya como no me envíe cuatro palos por correo ya estoy dándole las gracias, ¿no te parece, Marce?

—A ver.

Se aproximó el muchacho con los chocolates y los churros. Los cazadores discutían a voces en el rincón y la perra canela se puso de manos sobre la mesa y uno de los cazadores la golpeó y la dijo conminatoriamente: "A echar, Dolly" y el animal, entonces, se enroscó dócilmente bajo la mesa próxima y dirigió a su amo una mirada suplicante. Y dijo su amo jactanciosamente: "Allá en América la perdiz, nada. Como yo digo, es medio marica; para bajarla, basta con reportarse".

La Desi alzó la mirada hacia él y luego la bajó a la mesa próxima, hasta el diario, y deletreó mentalmente: "El-Ca-u-di-llo-re-ci-be-al-re-y-Si-me-ón". Puso la mano sobre el brazo de su amiga y dijo con la boca llena:

—Allá en mi pueblo, el novio y el padrino van a buscar a la novia a casa. El vecindario anda a la puerta y aviada vas si no saludas con simpatía. A la Silvina yo no hacía más que repetirla: "Da de mano al vecindario. Da de mano al vecindario, mujer". Y ella andaba revuelta y me voceaba: "¡Quieres callar la boca!". Pero yo se lo decía por su bien. Si no te cuelgan la fama de antipática y vas aviada. ¿Eh, Marce?

Dijo la Marce lánguidamente:

—En los pueblos ya se sabe.

—Y luego las vecinas que si le ponen el sostén a la novia, que si le dejan de poner. ¡Es una juerga!

Las dos muchachas comían a dos carrillos. De nuevo tentó el diario a la Desi y para vencer la tentación la chica le dijo a su amiga:

—En la iglesia de mi pueblo hay dos filas de bancos, la de la derecha para los niños y la de la izquierda para las niñas. Y lo dice así en un pilar pero eso es para la misa de los domingos y en las bodas nadie hace caso y en los bancos de los niños se ponen los invitados de una parte y en los de las niñas los de la otra parte. Y, chica, algunas veces se miran así unos a otros como si se fueran a abanicar; ya ves qué cosas.

Salían los cazadores y la perra canela se les enredaba entre las piernas en su afán de no quedar rezagada. Voceó el churrero: "¡Que pinte bien!". Y el grupo dijo a coro: "¡Gracias!". A poco entró el retén de bomberos, cuyo parque estaba dos manzanas más allá. El borracho les miraba, pacíficamente recostado en el mostrador. La Desi se aproximó aún más a su amiga y acentuó el tono confidencial.

—Cuando la boda de la Silvina todo Dios tenía algo que decirle. Y anda que al Eutropio no le dejaban parar. Y a la noche, la Culohueco, el ama del señor cura, con el Delfín y toda la cuadrilla, les hicieron la petaca en la cama. ¡Menuda juerga! Y menos mal que no se la desarmaron. A la Daniela el día que se casó la metieron un marrano bajo el colchón con una esquila y todos andaban en la calle aguardando y cuando sonó la esquila se subieron por el balcón y les pillaron... ¡Figúrate, Marce, cómo les pillaron!

La Marce ya no comía churros. Como de costumbre sus ojos acuosos tenían un aire apagado y ausente. Dijo:

—Antes me quedo soltera que casarme en un pueblo, ya ves tú.

—Anda de ahí, Marce. Para sosas las bodas de la capital. En mi pueblo te metes en juerga a las diez de la mañana y hasta las diez del día siguiente no has terminado. Primero el refresco, luego la comida, con orquesta y todo, y después la cena. Y no hablo de muertos, Marce; ve ahí tienes a mi hermana, que te lo puede decir.

La Marce bostezó. A la Desi la tiró un momento el diario desde la mesa vecina: "El-Ca-u-di-llo-re-ci-be-al-re-y-Si-me-ón". La voz del borracho la salvó de nuevo. Se le habían caído los billetes al pagar y juraba mientras los recogía sentado en el suelo:

—Está bueno ése, ¿eh, Marce?

—Sí.

Sonrió la Desi con expresión remota. Dijo:

—Ahí es nada con la que se armó en mi pueblo en el refresco de la Silvina. Empezaron los mozos copa va, copa viene, y que "viva el señor cura" y "que vivan los novios" y "que vivan los padrinos" y "que vivan los invitados" y ya sabes lo que pasa. Al final todo el mundo juma venga de cantar: "Con el pin-piribín-pimpín, con el pan-parabán-pampán, al que no le gusta el vino, es un animal". Y le hicieron corro a don Fidel, el maestro, que no bebe, y dale que le das. Hasta el párroco estaba en el corro, figúrate, Marce.

—Ya es humor.

—Ahora, lo mismo que digo una cosa digo la otra. Si yo no puedo dar refresco, comida y cena y llevar orquesta como Dios manda, no me caso. Yo siempre se lo digo a él, ¿eh, Marce?

—Sí.

—Lo mismo que la ropa. La Silvina se casó de cualquier manera. Y no es cosa de ir desnuda, como yo digo. No vas a ir el día de la boda sin camisa. Prefiero casarme de mañana y comprarme una camisa. ¿No te parece, Marce?

La daba a su compañera con el codo:

—A ver — dijo su amiga.

La Desi se cortó un instante. Dijo luego:

—No estarás disgustada, ¿verdad, Marce?

—¿A qué ton voy a estar disgustada?

—Come más churros, guapa.

—No puedo meter uno más; estoy implada.

La Desi sonrió. De nuevo se le iban los ojos al diario. Los bomberos charlaban con voces adormiladas. El borracho salió haciendo eses. Repentinamente la Desi alargó la mano, atrapó el diario, se sofocó y dijo con unos redondos ojos iluminados:

—Marce, te voy a decir una cosa... ¡Ya sé leer!

Su amiga se mordió el labio inferior. Prosiguió la Desi:

—Atiende, verás.

Colocaba nerviosamente su basto dedo bajo la línea de gruesos caracteres cuando la Marce se puso en pie. Dijo sorprendida:

—Pero ¿sabes la hora que es, maja? Se sienta una a comer churros y se olvida hasta de su nombre. A estas horas podía ya tener levantadas dos habitaciones. ¿Has pagado?

X

Una tarde, arrodillado junto a la mesa-camilla como
era su costumbre, el viejo Eloy decidió visitar a
Pacheco, el óptico. El viejo Eloy alimentaba el prejui-
cio de que el día que no se arrodillaba durante media
hora después de la comida se le retrasaba la digestión.
A los 70 años cumplidos el viejo Eloy observaba sus
propias normas para discurrir por la vida y si alguien
le contradecía él apelaba a la razón y la experiencia
para defenderlas. La primera vez que la Desi le sorprendió de rodillas en la sobremesa la muchacha cerró la puerta azorada. Él voceó: "¡Pasa, pasa hija, no
estoy rezando!". La chica no dijo nada pero en todo
el tiempo no le quitó los ojos de encima y recordó con
un escalofrío de terror al Apolinar, el primo del Eutropio, su cuñado, que se chaló porque el campo le
asfixiaba y en la ciudad no se le ofrecía ninguna proporción.

Sin embargo, a su amigo Isaías, el viejo Eloy decía que era razonable que el hombre hiciera mejor la
digestión de rodillas que de pie porque en aquella
postura el estómago permanecía más próximo del centro de la tierra y en consecuencia la gravedad tiraba de
los alimentos con más fuerza y que observase la facilidad de digestión de los niños y que porqué creía que

los niños hacían la digestión más rápidamente que los adultos. Luego le dijo que observando rigurosamente esta precaución y evacuando el vientre diariamente en el parque cualquier individuo normalmente constituido podía alcanzar la longevidad. A esto le respondió Isaías que cada cual disponía de sus recursos y que Aguado, sin ir más lejos, se regulaba revisando legajos viejos y que según él era por el polvillo, pero que eso nunca se podía saber. El viejo Eloy se reía de estos remedios y le animaba a que ensayase el suyo y a que probase, asimismo, de subir las escaleras de su casa doblado por la cintura en ángulo recto ya que de este modo el diafragma se desplazaba y podían ascenderse cincuenta y hasta sesenta peldaños sin que los pulmones se fatigasen. Un día, subiendo así las escaleras el viejo embistió a don Aurelio, el delineante, el señorito de la Marce, que en ese momento descendía y se sintió turbado y se llevó tímidamente la mano al ala del sombrero y don Aurelio sonrió muy comprensivo y sólo le dijo: "Creí que jugaba usted al toro, don Eloy". Desde entonces el viejo se detenía en cada tramo para escuchar si alguien bajaba y evitarse un nuevo sofoco.

De ordinario, las decisiones trascendentales las adoptaba el viejo Eloy mientras iniciaba la digestión arrodillado ante la mesa camilla. Así determinó una tarde visitar a Pacheco en la óptica y estimularle a reorganizar la actividad de la Sociedad Fotográfica. Dos días antes había resuelto visitar a sus compañeros de Corporación para felicitarles por la rapidez con que actuaron los mangueros después de la gran nevada. No obstante, había sufrido entonces una dura decepción. Él imaginaba que su irrupción en el Negociado tendría una acogida calurosa, pero don Cástor, el jefe, le dijo solamente: "¿Ha visto? La prensa nos ha echado encima a la opinión". Nadie levantó los ojos, excepto Carrasco, quien desde lejos mostró el dedo índice erecto y le hizo girar un momento por encima de su cabeza. Dijo el viejo Eloy, limpiándose mecánicamente la punta de la nariz con el pañuelo: "Precisamente cuando la nieve el personal se comportó como los buenos. Yo venía a felicitarles por ello". Don Cástor sólo tenía ojos para sus papeles. Tardó cinco minutos en responder al viejo Eloy y cuando lo hizo tampoco le miró a la cara: "Eso dice usted. Usted es parte — le salió la voz de bajo profundo, por lo de las cuerdas, al añadir —: Usted no es la prensa. Estamos pensando en una reorganización".

El viejo se apeó del tablado y se arrimó al radiador. Hubiera querido estar muy lejos de allí pero no se decidía a marcharse. Observaba la vieja oficina con sus suelos polvorientos y sus mesas carcomidas y sus gigantescos rimeros de impresos — SERVICIO DE LIMPIEZA, PARTE DE TRABAJO, VISADO DEL VIGILANTE DEL VERTEDERO — como si fuera la primera vez que los veía. Y, cosa extraña, se aferraba al radiador ávidamente, temiendo que su espontáneo entusiasmo y su antiguo afecto por la Corporación, le traicionasen y le empujasen hacia una de las mesas donde sus compañeros trabajaban. Sintió alivio cuando vio a Mauro Gil incorporarse y venir hacia él, pero Gil no pretendía saludarle sino que le empujó levemente para poder pasar a Secretaría General: "Por favor, don Eloy". Y al regreso le dijo, sin detenerse: "La prensa nos ha echado encima a la opinión. Dice que la ciudad está sucia. ¡Ya ve usted! Ahora andamos tras un reajuste de horarios y estudiando un aumento de personal".

El viejo se sentía abochornado. Le avergonzaba hallarse allí, ocioso, tontamente aferrado al radiador, mientras sus antiguos compañeros planeaban aquel gigantesco plan de reorganización del servicio municipal de limpieza, pero no se resolvía a marcharse. Y al intentar hacerlo, al fin, Carrasco se incorporó perezosamente y le salió al encuentro y le dijo: "Hola, abuelito", y después le tomó del brazo y le acercó a su antigua mesa y un muchachito pálido, de orejas como alas, que ocupaba su puesto alzó entonces la cabeza y le dijo Carrasco: "¿Cómo entraste aquí, Pin? Díselo al abuelito". El muchacho vaciló y quiso ponerse en pie, pero Carrasco le disuadió y le dijo: "No te molestes, el abuelito es de casa", y al fin el muchachito movió las orejas y dijo: "Por... por oposición". Carrasco se encaró con el viejo Eloy: "¿Eh? Ya lo oyes". Luego se volvió al chico: "Dile al abuelito cuántos ejercicios tuviste que hacer, anda, Pin". El muchachito parecía un perrillo amaestrado: "Tres. Uno oral, otro escrito y otro práctico". Carrasco miró al viejo: "¿Eh, qué te parece?". El viejo temblaba. A veces pensaba que Carrasco era un ser perverso y que en determinadas circunstancias, sería capaz de matar. De nuevo se dirigió Carrasco al nuevo: "Pin, dile al abuelito ahora cuántos kilos perdiste preparando la oposición, anda". Dijo el muchachito, azorado, agitando otra vez las orejas como un gnomo: "Ocho... pero ya recuperé dos y medio". "Bueno — dijo Carrasco — pues aquí tienes al abuelito. Entró en la Casa hace más de cincuenta años por el dedo y en premio a haber vivido toda su vida de guagua le dan un banquete y una medalla y una pensión vitalicia, ¿qué dices a esto, Pin?". El muchachito se sonrojó, movió las orejas y sonrió. Entendía que era una broma. También el viejo trató de sonreír echándolo a barato, pero sentía miedo y dijo: "Usted, Carrasco, siempre con su buen humor". Pero Carrasco puso cara de juez para decir: "No bromeo, abuelito. Anda, Pin, dile al abuelito que no bromeo". Y Pin tornó a sonreír azorado y el viejo dijo: "Me marcho, se me hace tarde", y, entonces, Carrasco se inclinó con la temblona mano del viejo en la suya y se la besó ceremoniosamente.

El viejo Eloy, cada vez que recordaba esta escena, se consternaba. El recuerdo le despertaba una sensación como de asco o de miedo. Movía la cabeza de un lado a otro para aventarla. Sin mayor motivo la oficina ahora le aterraba. Era como si hubieran puesto a la puerta dos feroces perros guardianes. Pensó en Pacheco con alivio. "Él es otra cosa", se dijo.

Y, en efecto, Pacheco le acogió cordialmente y hasta sus gafas, sin montura, de cristales impolutos, le sonreían abiertamente. En el Círculo aseguraban que Pacheco no precisaba lentes, pero los gastaba como propaganda de su establecimiento. Pacheco le dijo: "Cuánto bueno por aquí, don Eloy. ¿Qué hace que no nos vemos?". La óptica de Pacheco era un comercio tentador; un comercio plagado de objetos brillantes y celofanes y al que la habilidad decorativa de su dueño le imprimía un sugestivo ambiente de asepsia absoluta.

—Siéntese, don Eloy.

El viejo se sentó, se pasó el pañuelo por la punta de la nariz y carraspeó banalmente. Dijo, al cabo:

—Recuerda usted, Pacheco, cuándo mi intervención en la Sociedad allá por el año treinta y tres.

Pacheco asentía sonriendo, sus regordetas manos de uñas acicaladas depositadas sobre la vitrina:

—Yo le decía "No tengo ingenio ni tengo voz", pero usted se obstinó y yo hice el ridículo. ¿Se acuerda usted, Pacheco?

Pacheco hizo un imperceptible ademán a una de las señoritas de bata blanca para que atendiese a un cliente. Después se acodó en la vitrina y miró al viejo. Sus gafas despedían unos destellos cegadores.

—¿Sigue usted con la Contax 3,5, don Eloy?

El viejo se sintió confundido. Dijo:

—Entre otras cosas de eso quería hablarle.

Pacheco frunció la frente, concentrándose, como si las palabras que esperaba del viejo fuesen para él de vital importancia:

—¿Qué vale hoy un carrete seis por nueve? — dijo el viejo mediante un esfuerzo y, al final carraspeó como abriendo un paracaídas para que su pregunta no se desplomase de golpe, sino que cayese muellemente sobre su interlocutor.

Pacheco echó distraídamente sobre el mostrador un estuche amarillo:

—Estos van bien. Son veinticuatro sesenta, pero van bien.

Le azoraban al viejo los destellos de las gafas de Pacheco. Le parecía que descubría con ellas hasta el fondo de su miseria.

—Todo ha subido — dijo —. Hoy la vida está por las nubes.

—Para usted no. Usted se lleva esto y lo paga

cuando quiera, don Eloy. Usted en esta CASA es el ministro de Hacienda.

—Gracias, hijo, pero no puedo aceptarlo.

—¿Cómo no? ¡Gemita, envuelva este carrete! No lo anote en caja. ¡Tenga! Un obsequio de la CASA.

Cada vez que decía "Casa" a Pacheco se le hinchaban los carrillos, elevaba la voz y la imprimía un acento reverencial, algo así como si verificase la genuflexión ante un altar.

El viejo se sentía cada vez más aturdido. Intentó explicarle a Pacheco que su intención no era esa, pero Pacheco sonreía con las gafas y no le daba tiempo a explicarse. Luego, para corresponder a su gentileza, el viejo estuvo hora y media recordándole pormenores de su actuación en 1933 y le dijo que Lucita, su señora, se irritó con él y le dijo que para ese papel más hubieran adelantado quedándose en casa. Más tarde hablaron de la Sociedad y el viejo Eloy dijo bruscamente: "Está muerta" e inmediatamente advirtió que la frase era demasiado rotunda ya que Pacheco era su Presidente y lo quiso arreglar, pero Pacheco no parecía ofendido y varias veces le dijo: "Disculpe, don Eloy", para atender a los clientes y el viejo esperaba tranquilo y cada vez que regresaba, Pacheco le decía: "Discúlpeme, pero éstas son horas de mucho ajetreo". Y el viejo asentía y, al despedirse, Pacheco extremó su amabilidad con el viejo Eloy y le animó a visitarle con más frecuencia y el viejo le dijo: "De mi actuación de mil novecientos treinta y tres sólo recuerdo con satisfacción que usted me dijo que entre mis trabajos había un par de fotografías de antología". Las gafas de Pacheco sonreían y aprobaban y el viejo Eloy le dijo que volvería por la óptica con alguna asiduidad, pues siempre era grato cambiar impresiones sobre la fotografía y entre los dos podían activar la vida de la Sociedad.

La semana anterior a la Navidad, el viejo Eloy bajó dos mañanas al parque con la Desi y la fotografió recostada en un banco, junto a la pajarera, migando pan a las palomas y en un estudio difícil, a contraluz, sobre las brillantes aguas del estanque. El viejo procedía meticulosamente, medía los pasos tres veces, cambiaba la luz a cada fotografía y, generalmente, para evitar el temblor de sus manos, buscaba un punto de apoyo para la cámara. El tiempo había templado y, un puñado de espectadores se arracimaba en torno. La Desi, la muchacha, se ponía furiosa porque los reclutas le gastaban chirigotas mientras posaba y ella se hartaba de llamarles "pelados" y "asquerosos" pero, a costa de ello, perdía la naturalidad.

Le voceaba al viejo:

—¡Vamos, señorito! Da usted tiempo a descabezar una siesta, concho.

El viejo volvía a medir los metros. Con la máquina en la mano le poseían unos vanidosos pujos de profesional:

—Paciencia, hija.

A los tres días volvió por la óptica y se sentó en la silla recostado en la columnita de espejos.

—Tres con cinco es hoy un objetivo anticuado, ¿no es cierto? — le dijo a Pacheco de súbito.

—Disculpe, don Eloy.

—Sí, hijo.

Pacheco atendía a su clientela. Al cabo se aproximaba al viejo:

—Zeiss envía hoy objetivos uno con ocho, pero son

demasiado luminosos; hay que diafragmar mucho — decía.

El viejo se limpiaba el extremo de la nariz:

—Entiendo que el óptica azul es inevitable ya en cámaras de cierta calidad, ¿no es así?

—Disculpe, don Eloy.

—Sí, hijo.

Pacheco tardaba en regresar, pero el viejo le esperaba pacientemente contemplando las cámaras, las gafas, los prismáticos y los decorativos anuncios de las vitrinas: "Lentillas corneanas: únicas, sencillas, expresivas, limpias, adaptables, selectas... Amplia información; pruebas sin compromiso". "¡Utilice el nuevo Zeiss con exposímetro incorporado!". "Brújulas, estereóscopos, podómetros y termógrafos".

—Dice usted, el tres con cinco sigue siendo un objetivo cotizado — decía Pacheco —. Con el uno con ocho hay que diafragmar mucho.

—¿Sí?

—Claro.

—¿Y usted cree que una Contax como la mía...?

—Discúlpeme, don Eloy.

—Sí, hijo.

El viejo Eloy se hallaba a gusto en la óptica, envuelto en aquella atmósfera templada y aséptica, reconfortante. Mas Pacheco cada vez demoraba más el retorno a su lado. Cuando dos días después volvió con el carrete y se sentó, Pacheco dijo alarmado:

—¿Piensa usted aguardar, don Eloy?

El viejo se desconcertó; mas Pacheco era un hombre resuelto, de rápidas decisiones. Sonrió con el morrito fruncido, como un conejo:

—Pase al laboratorio y revele usted mismo, ¿eh? ¿Qué le parece?

El viejo temblaba como un niño pobre a quien le ponen de improviso un juguete caro entre las manos. Pacheco le acompañó al sótano y le ayudó a enfundarse en una bata blanca. "Bueno", repetía el viejo Eloy. "Ensaye primero con una película estropeada. Tenga", advirtió Pacheco. "Descuide, hijo". El viejo, al verse solo, pensó en la Desi. Cada mañana la chica le decía: "A ver si se luce usted, concho". La muchacha había pasado dos noches en claro pensando en las fotografías pues el viejo aseguraba que saldrían tan bien como las portadas de las revistas. Al viejo le costaba acomodar sus ojos a la oscuridad; le era difícil, asimismo, hacerse a la idea de que disponía de un laboratorio para él solo, para revelar su propia obra. Desde muchacho que trabajó unos meses en un daguerrotipo era éste su sueño dorado. Finalmente la luz roja le permitió distinguir los líquidos y los recipientes. Primero ensayó con agua y una película estropeada y todo resultó bien. Luego desprendió la película del chasis, cargó la cuba, vertió el revelador y agitó pacientemente. Sentía una emoción aguda y pertinaz sobre el estómago; la pura, decantada emoción del creador. Y cuando, al fin, levantó la película a la luz no vio más que un papel traslúcido, virgen, sin contrastes. Su decepción coincidió con la apremiante llamada de Pacheco a la puerta: "Don Eloy, abrevie; vamos a cerrar". El viejo corrió el pestillo y le mostró su obra y Pacheco confrontó los líquidos y dijo:

—Confundió usted el revelador con el fijador.

El viejo Eloy trató de sonreír cuando se desprendía de la bata blanca. Sus ojos se habían ablandado y denotaban una opacidad extraña. Pensó: "Tal vez Pacheco me regale otro carrete". Pero Pacheco, ya en la tienda, sólo dijo, señalándole los bajos de los pantalones:

—Además se ha manchado usted. Eso ya es peor. Esto no se quita.

Y el viejo Eloy pensó en la Desi y dijo:

—¡Qué le vamos a hacer!

XI

Cuando el viejo Eloy decidió celebrar la Nochebuena en compañía de la Desi y ordenó a la chica subir una botella de clarete de la taberna de la esquina tenía sus razones. El viejo Eloy rara vez actuaba a humo de pajas. Al dar este paso pensó que si había muchas cosas que olvidar, otras había que merecían ser celebradas. Una de las cosas a olvidar era, por ejemplo, el asunto de las fotografías; otra, el perdido calor de la Corporación; otra más, la hoja roja del librillo de papel de fumar; otra, en fin, el embrollado asunto de la manta. Este asunto de la manta había constituido para la Desi una de sus más crudas y hondas decepciones.

Dos días antes de la Nochebuena y en combinación con el Sorteo extraordinario de la lotería le tocó a la muchacha una manta en la rifa anual de la Obra Pía. Sin embargo, cuando la chica fue a reclamarla del brazo de la Marce, el portero la informó que la manta correspondía al número 49.183 y no al 10.094 porque el premio quinceavo no se contaba por el orden que daba el periódico sino por el orden de salida del bombo. La chica insistió, pero visto que de este modo no conseguía nada, se sofocó y le llamó a voces pendejo y tío granuja. El portero la amenazó con dar parte, pero la chica se acaloró aún más y la Marce hubo de sacarla de la Conserjería a viva fuerza. Más tarde, ya en casa, la Desi se lo contó al viejo sollozando y le rogó que pasase él a reclamar la manta porque de una criada todo el mundo se pitorrea; pero si va un señorito, la cosa cambia.

El viejo se llegó por la tarde a la portería de la Obra Pía con el recorte del periódico y la papeleta pero el portero reafirmó que el premio quinceavo no se contaba por el orden que daba el periódico sino por el orden de salida del bombo y que, por lo tanto, el número premiado con la manta no era el 10.094, sino el 49.183. Aún intentó el viejo conmover el corazón del hombre, haciéndole ver que se trataba de una pobre chica de servicio, pero el portero dijo que de lengua no era tan pobre y que, por otro lado, él no era allí más que un mandado. En vista del fracaso, el viejo Eloy decidió celebrar la Nochebuena con la muchacha en la cocina, pero la chica, cuando él se lo propuso, se atropelló toda:

—Será capaz.

—¿Por qué no, hija? Aquí hace bueno. Además así podremos charlar.

Para entonces ya había una cosa que celebrar y la botella de clarete de la tierra no sólo constituía un lenitivo para las penas sino un nuevo estímulo de la alegría. El hecho ocurrió la víspera, inesperadamente, con la llegada del correo. La Desi, la muchacha, había voceado desde la puerta:

—¡Cartas, señorito! ¡Hay cartas!

Y él echó a correr a brinquitos indecisos y, en sus prisas, se golpeó la cadera contra la esquina de la mesa, pero no sintió dolor alguno. Después, al abrir el sobre, su respiración se tornó difícil y anhelante. A través de una lente de humedad, el viejo divisó el inefable Portal y los muñecos coloreados y la primorosa orla y el "Felicidades" impreso en letras doradas y, abajo, en la caligrafía minuciosa y aprovechada que le era familiar, la firma: "León" y la infantil rúbrica, y, entonces, con el rostro distendido por un júbilo desproporcionado, levantó la tarjeta en alto y dijo:

—¡Es de mi hijo, Desi! El chico me escribe desde Madrid.

Todo su cuerpo se llenó de una viva ansiedad y volvió a mirar la tarjeta y cuando la Desi dijo con el rostro congestionado, a punto de estallar: "También yo tuve carta, señorito", él murmuró: "Ya es coincidencia". Después la chica subió un momento donde la Marce y mientras estuvo ausente el viejo no apartó los ojos húmedos y reblandecidos de la cartulina y cuando la Desi regresó la dijo: "¿Buenas noticias, hija?", pero la muchacha parecía en trance y él hubo de repetir la pregunta cuatro veces y ella, al fin, dijo como si de pronto despertara: "Buenas" y se llevó las manos al corazón y oprimió amorosamente la carta que acababa de ocultar en el seno.

Era de la Silvina, su hermana, la del Eutropio, y la Marce acababa de leérsela arriba de un tirón. Decía la Silvina: "Hermana, soy en decirte que para el 7 del que viene irá a ésa el Picaza para la mili, que cuando vaya a ésa el Picaza te llevará unos chorizos y unos bollos de los de casa". A la Desi, la muchacha, le faltó el aliento y trató de sujetarse el corazón y entonces le sintió repicar bajo los huesos como una campana enloquecida. Al cabo de un rato tocó a su amiga en su blanco y rollizo brazo desnudo y dijo con la voz empañada: "Viene él, Marce, ¿te das cuenta?". Dijo la Marce: "Sí, maja". Añadió la Desi: "Para dentro de quince días, ¿te das cuenta, Marce?". Dijo la Marce sin cesar de trajinar: "Sí, maja". De pronto, la Desi se palpó ansiosamente las mejillas arreboladas y dijo: "Marce, por favor, ¿eché ya fuera el pueblo?". Dijo la Marce sin mirarla la cara: "No corres tú poco, maja". La Desi sintió que el suelo y el techo se inclinaban y estuvo a punto de echarse a llorar. Dijo, no obstante, tras un esfuerzo: "Irás a Misa de Gallo mañana, ¿verdad, Marce?". Su amiga se irritó. Dijo: "Tengo yo los zancajos como para misas de Gallo". Entonces la Desi se marchó como sonámbula y ya en casa, el viejo hubo de preguntarla cuatro veces que si buenas noticias, hija, para que ella se percatara.

El día siguiente amaneció quedo aunque frío y el ambiente de Nochebuena se filtraba a través de los cristales y encandilaba los sentidos. Y las iluminaciones de los escaparates y el altavoz de Ruiz Gandarias, el de los discos, cantando villancicos, y los cristales empañados de los cafés, y la esporádica agitación de las campanas, y la leve orla brillante de los plátanos, y la alegría como sobrecogida de los niños, subrayaban la importancia de la fecha. Por si fuera poco, el viejo Eloy pasó la tarde en la cocina, participando de los preparativos de la fiesta y ordenó a la chica que subiera una botella de clarete de la tierra y, por fin, con todo dispuesto, la dijo: "Siéntate, Desi". Mas ella hizo un mohín de recelo como una recién casada en la primera noche y dijo: "No sé qué me da, señorito". Él separó un poco el taburete: "¿Estás tonta, hija? Siéntate". Y ella, entonces, sumisamente, se sujetó contra las piernas el vuelo de la bata y se sentó. El viejo llenó los dos vasos de vino y levantó el suyo:

—¡Por las cartas! — dijo.

Y ella bajó los ojos:

—¡Qué cosas tiene usted, señorito! — mas como el viejo aguardara, ella, al fin, tomó su vaso y le apuró de un trago.

De pronto vio al Picaza más próximo y un júbilo gaseoso empezó a subirla del estómago al corazón. Dijo el viejo, mientras comía ruidosamente:

—Hace muchos años, en tal día como hoy, mi tío Hermene nos abría los armarios donde guardaba la ropa de sus antepasados y la Rosina, la hija de la Fuensanta, la murciana, y yo y los amigos de los dos nos disfrazábamos y el tío hacía un concurso de chistes y otro de poesías y otro de villancicos y en cada uno daba un duro de plata de premio. ¿Recuerdas tú los duros de plata, hija?

—¿Qué duros?

—Los redondos.

Ella le miraba fijamente con su mirada desdibujada y el viejo al observar sus ojos romos desistía de proseguir:

—Come, hija.

Pensó el viejo, de pronto, que Suceso, su nuera, no firmaba la tarjeta y lo fácil que le hubiera sido firmarla, y para matar la idea bebió otro buche de clarete de la tierra y notó su ardor y su aspereza y su fuerza correrle piernas abajo. Y dijo:

—Madrid no se conquista en un día, es bobada.

—¿Madrid?

—A ver, hija. Una notaría en Madrid es un asunto más complicado de lo que parece.

La chica le miraba sin comprenderle. Pensaba que cuando el Picaza llegara cantaría "El Relicario" y "Porqué tengo penas" a media voz, sólo para ella. Dijo:

—Allá en mi pueblo, en tal noche como hoy, Marcos, mi mediohermano, que era inocente, hacía una zambomba con el cuajo del lechón y nos daba la murga.

El viejo bebió otro buche de clarete para olvidarse de Pepín Vázquez y de sus lúgubres ideas sobre la jubilación. Cuando habló, la lengua se le trababa ligeramente al paladar:

—¿Tienes un mediohermano, hija?

Ella le miró contrariada:

—Tenía - - dijo, al fin —. Práxedes, el Raposo, le dejó en el sitio con una horca cuando la riada del cincuenta y dos.

El clarete de la tierra, y la serenidad de la noche y el lejano tañido de una campana, iban ensanchando entre ellos un clima de intimidad. Dijo el viejo con voz tartajeante:

—Cuando yo nací mi padre también había muerto. Yo no cené una sola Nochebuena con mi padre. Me sucedió lo mismo que al rey.

—El rey es el que mandaba en todo, ¿no es eso, señorito?

—Así es, hija. Mandaba en todo menos en el destino. Ya ves, hija, un hombre que disponía de todas las cosas en cambio no tenía padre.

De nuevo bebió el viejo para olvidar su orfandad. Y bebió después otro buchecito para olvidarse de Goyito, su hijo menor, que se fue sin guardar antesala. Y dijo, al cabo:

—Poldo Pombo, un viejo amigo mío, fue a Madrid en bicicleta para asistir a la coronación del rey. El viaje le llevó dieciséis horas.

Su cabeza era un hervor. Los recuerdos brotaban como pompas de jabón y al hincharse rompían y se deshacían en el aire. La Desi, la muchacha, se iba encontrando a gusto así, junto al viejo, oyéndole parlar incesantemente, bajo la conciencia de que el Picaza estaría a su lado pocos días más tarde. Y cuando el señorito empezó a contarla la historia de la Antonia, su primer calor, la chica se olvidó de la comida. Y cuando el viejo contó las historias que le narraba la Antonia a él, cuando niño, la Desi no pestañeaba. Y cuando el viejo la contó que su hermana Elena salía con la cruz a la puerta de la alcoba y el tío Alejo, su cuñado, que era un gigante con los bracitos de enano, se iba a dormir a su cuarto y hablaba solo y, algunas veces incluso lloraba, a la Desi se la formó un doloroso nudo en la garganta. Y añadió el viejo:

—Come, hija — hizo una breve pausa para tragar, y añadió —: Luego vino lo del sacrilegio, que fue lo peor.

—¿El sacrilegio? — dijo la muchacha cerrilmente.

—Mi hermana salió con la cruz pero el tío Alejo venía más bebido que de costumbre, ¿sabes, hija?, y fue y dio un golpe a la cruz y la tiró y luego la pateó y la hizo astillas. ¿Me explico o no me explico, hija?

La Desi hizo un borroso ademán como si se persignase. Estaba roja como la grana:

—¡Virgen! — dijo sobrecogida.

—Y mi hermana decía a voces: "¡Sacrílego!". "¡Blasfemo!". Y fue él y se marchó de casa con el regalo. Al cabo se separaron y ella se fue a Bilbao, de señorita de piso, al convento de su amiga Heroína que es lo que siempre quiso hacer. Y él se largó a Venezuela. A América, ¿sabes? Y yo me quedé solo. Pero no se lo tomé en cuenta y cuando ella murió la puse la papeleta en el diario y la dije un novenario de misas.

La voz del viejo iba haciéndose cascada y sin matizar. Levantó de pronto el vaso mediado y le unió al de la muchacha y dijo:

—Por mi tío Alejo.

La muchacha se estremeció:

—Eso sí que no — dijo.

—Bueno, como quieras — dijo él. Y bebió solo.

Las campanas empezaron a dialogar vivamente por encima de los tejados brillantes de escarcha. En el ánimo de la muchacha iba asentándose una tibia y placentera sensación de bienestar. Ahora el viejo comía besugo y separaba las espinas con los dedos y ella aprovechó el momento para beber y, al terminar, depositó el vaso sobre la mesa y dijo:

—Y de la Antonia, ¿qué fue, señorito?

El viejo vaciló.

—¿La Antonia?... ¡Ah! — reaccionó vivamente —: Lo de la Antonia ya es harina de otro costal, hija.

—Eso. Pagó la chica. Siempre pagan justos por pecadores. Y las criadas llevamos la peor parte. La Marce lo dice siempre y no le falta razón.

—¿La Marce?

—A ver. Mi amiga, la del tercero — dijo la Desi, acalorada.

El viejo notaba una nube dentro de la cabeza, que le despintaba las imágenes.

Se incorporó y dijo tozudamente, apoyándose en la pared y frunciendo el ceño para concentrarse:

—Eso es cierto. Justos por pecadores. Es muy cierto, hija. Mi hijo Goyito se fue a morir allá lejos y él no era responsable de nada. No es porque yo lo diga pero él nunca le hizo mal a nadie.

Se sujetó al respaldo de la silla:

—Vamos, siéntese — dijo la chica autoritariamente —. A ver si se cae usted ahora y se parte un hueso.

El viejo obedeció. Se sentó en el taburete torpemente porque le parecía que en lugar de dos piernas tenía muchos tentáculos como un pulpo y se le enredaban entre las patas de los muebles. Dijo la chica señalándose la nariz: "Señorito, el pañuelo". "Ah, bien", dijo el viejo sin el menor pudor y agregó después de limpiarse y guardar el pañuelo en el bolsillo:

—A Leoncito le gustaban los libros pero era delicado y, para sobrealimentarle, decidimos comprarle un jamón. Y cada vez que su hermano se arrimaba al jamón, el otro se ponía loco. Yo le decía a mi señora: "Este chico ha de ser más que yo". Y ya ves, hija, notario en Madrid a los cuarenta y dos años.

La Desi bebió otro sorbo de vino. Tenía las mejillas arreboladas y notaba la piel de la cara enteriza y poco flexible, como hule. Dijo:

—Marcos, mi mediohermano...

El viejo se volvió a ella, interesado:

—¿Tienes un mediohermano, hija?

Ella se revolvió entre irritada y perpleja. Dijo casi a gritos:

—No empiece usted con sus pitorreos.

El clamor de las campanas era cada vez más encendido y próximo. Penetraba a través de los cristales empañados como la Virgen de la Guía a través de la alta cúpula cada vez que el monaguillo agitaba la campanita los domingos en la misa de 7 de San Pedro. En la cocina hacía calor y bajo los ojos le habían nacido al viejo Eloy dos vivos rosetones. Observó a la chica, que acababa de ladear la cabeza y se golpeaba afanosamente la oreja con la palma de la mano:

—Vas a hacerte daño, hija.

—Ya empezó. Es como si tuviera un cínife dentro.

—A golpes no conseguirás nada.

Ella sonrió. Dijo:

—Un clavo saca otro clavo.

Mas el Picaza aleteaba en su subconsciente. Se la antojaba que las campanas anunciaban su advenimiento. Dijo de súbito:

—El día que yo me case, señorito, usted no faltará a mi boda.

El viejo la miró como si regresase de otro mundo. Sobre los ojos se le había formado como una película cristalina:

—¿Dónde, hija?

—¡Otra! En mi pueblo.

Se exaltó de pronto:

—Yo iré de padrino, ya lo creo. ¡Yo seré el padrino de tu boda, hija!

—Trato hecho — dijo la chica. Y luego, tras unos segundos de silencio añadió —: Buena se organiza en mi pueblo con el refresco. Los mozos empiezan copa va copa viene y luego arman un corro y cantan: "Con el pimpiribín, pimpín — con el pamparabán, pampán — al que no le gusta el vino — es un animal". ¡Es una juerga!

El viejo Eloy se interesó:

—¿Cómo es eso, hija?

Dijo la chica:

—¿Cuál, el cantar? Pues eso: "Con el pimpiribín, pimpín — con el pamparabán, pampán...".

El viejo se incorporó penosamente. Notaba en su pecho la alegre y melancólica excitación de las campanas:

—Vamos, Desi — dijo alargando los brazos como si la invitara a bailar.

La chica se puso en pie y el viejo la tomó por las manos y bajo la pobre lámpara de 25 vatios, ambos empezaron a girar vertiginosamente y sus sombras se achataban y se agigantaban sin cesar sobre los muros, y sus voces desacompasadas clamaban contra la vaciedad y el aislamiento y el miedo:

—¡¡Con el pimpiribín, pimpín — con el pamparabán, pampán — al que no le gusta el vino — es un animal!! ¡¡Con el pimpiribín, pimpín — con el pamparaban, pampán...!!

—¡Pare, me mareo...!

El viejo se reía. Cada vez oprimía más ansiosamente las bastas manos de la muchacha:

—¡¡Venga!! Otra vez, Desi. ¡¡Más fuerte!!

—¡¡¡Con el pimpiribín, pimpín — con el pamparaban, pampán...!!!

La Antonia y Goyita, y Lucita y Pepín Vázquez, y Leoncito y la hija de la Fuensanta y Poldo Pombo y el tío Alejo bailaban en derredor, se aproximaban y se desplazaban en un juego delirante y el viejo Eloy pestañeaba atónito y, al concluir reía y voceaba:

—¡¡¡Más fuerte!!! ¡¡¡Más fuerte!!!

—¡¡Pare ya, señorito, me mareo!!

Él apretaba aún más las sudorosas manos de la muchacha:

—¡¡¡Con el pimpiribín, pimpín — con el pamparaban, pampán — al que no le gusta el vino — es un animal!!! ¡¡¡Con el pim…!!!

—¡¡¡Suelte, señorito, me hace daño!!!

Él no la oía:

—¡¡¡Con el pimpiribín, pimpín — con el…!!!

De pronto sonó el timbre de la puerta y automáticamente el viejo y la muchacha se detuvieron. El viejo Eloy se aferró crispadamente al respaldo del taburete y así permaneció un rato con la mirada clavada en el suelo tratando de afirmarse sobre sus débiles piernas. Dijo, al cabo de unos segundos:

—Han llamado, Desi; ve a abrir.

Salió la chica dando bandazos y cuando regresó el viejo estaba sentado en el taburete y sostenía la cabeza entre las manos. Al oír a la Desi levantó el rostro, un rostro repentinamente pálido y demacrado. Dijo la muchacha avergonzada:

—Es la chica de abajo; que hagamos el favor de no meter bulla; que hay un enfermo…

XII

A unque la víspera le esperó durante todo el día, así, al pronto, en la penumbra de la escalera y con aquella ropa y la visera haciéndole sombra en los ojos, la Desi no le reconoció.

Dijo él, en tímida audacia, intentando conectar sus relaciones con el pasado:

—¿Q... qué dice la burra más burra de todas las burras?

—¡Picaza! — exclamó ella entonces enternecida.

El Picaza portaba bajo el brazo una caja de zapatos con manchas de grasa, atada con un cordel. El muchacho permaneció unos segundos inmóvil en el umbral, justo el tiempo para que la Desi se habituase a la penumbra y le analizase con la nueva indumentaria. A la chica no la bajaba el calor de la cara. Se llevó las manos a la boca y dijo turbada:

—¡Ay, madre! ¿Quién me iba a decir? Anda, pasa.

Él avanzó jactanciosamente por el pasillo con sus cortas piernas arqueadas, arrastrando las botas negras de media caña sobre las desgastadas maderas. Ya en la cocina, se echó la gorra hacia atrás, se sentó en el taburete donde solía sentarse el viejo cada mañana y se acodó en los muslos. La chica le contemplaba arrobada, las rojizas manos cruzadas sobre el regazo, sus zafias facciones iluminadas por una tierna sonrisa. Mas él, de súbito, se tornó cohibido, extrañamente desconcertado y ausente. La Desi trató de aproximarle:

—¿Sabes que te cae bien la ropa de militar?

—P... puede.

Divisó ella las bombas doradas sobre los rojos rombos de las solapas:

—Vaya, me pensé que vendrías a caballería.

—U... un primo hermano de don Ulpiano me ha sacado de asistente, ve ahí — dijo él justificándose.

Entonces la chica cortó el cordel de la caja y le ofreció unos bollos. El Picaza engullía sin mirarla, esquinadamente, como un perro en casa ajena. Por dos veces intentó el muchacho adoptar una actitud desenvuelta, pero la ciudad, y la casa, y aquella ropa, le abrumaban. Entre ellos se levantaba una violencia inusual. Ella había pensado que el Picaza, tan pronto llegara, la contaría cosas de allá y la cantaría al oído, para ella sola, "El Relicario" y "Porqué tengo penas". Pero el Picaza no hacía más que comer y si ella inquiría algo, él respondía sin levantar la cabeza, contrariamente a lo que hacía en el pueblo cada vez que se arrancaba a hablar o cantar que es cuando decía la Culohueco, el ama del señor cura, que se le veían los sesos por los ahujeros de la chata nariz. Eso sí, el Picaza, lo mismo que allá, había de tomar carrerilla cada vez que decía algo, porque según don Jerónimo, que le guardaba mucha estima, le ocurría igual que a los aeroplanos, que necesitaba tiempo para despegar:

—A... al Caraplana, el de la Críspula, le ha salido Marruecos, ya ves.

—¡Virgen, cómo estará la Críspula!

—C... calcula.

De nuevo el silencio. El desasosiego se ensanchaba en el corazón de la Desi. Apeló a todos los recursos para establecer entre ambos una corriente comunicativa. Dividió un chorizo con el cuchillo:

—Come una raja chorizo, Picaza; no te acobardes.

Él comía sin despegar los labios, sin dirigir a la muchacha una sola mirada de sus ojos, tan juntos que cuando miraban insistentemente parecían uno solo. La Desi pensaba en la Matilde y un bulto esquinado y doloroso se le iba formando en lo alto del pecho. Observaba fascinada la franja blanca, como cruda, junto al pelo, allí donde la boina preservaba la piel. Dijo en un último intento:

—Madre, qué color traes.

—L... la de siempre.

—Puede, pero llevando tiempo en la ciudad la cosa choca. Cuando termines la mili habrás echado fuera el pueblo; les pasa a todos.

—A... a saber. Eso nunca se sabe.

La muchacha ensayó nuevas formas de comunicación, en vano. El Picaza se encerraba en un hermetismo salvaje. Al cabo de un rato, cuando menos lo esperaba, él se levantó. A la Desi apenas le salía la voz del cuerpo. Le dijo desde la puerta: "Vuelve, ya sabes el camino". Y tan pronto se vio sola subió donde la Marce y se arrancó a llorar contra su pecho. Decía la Marce: "Vamos, maja, no te tomes ese sofoco". La Desi sollozaba: "No me quiere, Marce. Ya no me quiere". La Marce la golpeaba formulariamente la espalda: "Otros hombres hay, mira tú". La Desi no se consolaba. Estaba hecha a las audacias del Picaza, a sus bravatas, y aquella su actitud, incomprensiblemente desmayada, la aturdía. "No es el mismo. La pingo de la Matilde me lo ha cambiado, ¿oyes, Marce?". Decía la Marce: "Vamos, maja, déjalo ya; te vas a ir en agua".

La Desi pasó unos días malos desde que la Silvina, su hermana, la del Eutropio, la anunciara la llegada del Picaza. Salió tres tardes con la Marce y hasta la tercera no se decidió por la rebeca heliotropo. En cambio tuvo que renunciar al can-can. Últimamente, con lo del ajuar, se había metido en muchos gastos y el Picaza se presentó antes de lo previsto. Por otra parte se había hartado de hacer proyectos con la Marce por el sórdido patio de luces. Ello le costó regañar dos veces con la Tasia. La Tasia porfiaba que le aguardase sentada que de pie se iba a cansar. La Tasia nunca creyó que él existiese. De otra parte, se complacía en refrotarla por las narices su exceso de la Nochebuena: "Vamos, que buena la mangaste con el viejo; si no subo a tiempo echáis la casa abajo". La Desi, la muchacha, se enardecía y voceaba que callase la boca, que tenía por qué callar y la llamaba pingo y estropeabarrigas, pero la otra estiraba el cuello, como las gallinas al beber, y decía: "Las verdades escuecen". Y la Desi temblaba sólo de pensar que el rumor trascendiera y el Picaza pudiera imaginarse lo que no era. Por eso prefería que la Tasia se burlara y dijese que podía aguardar sentada que de pie se iba a cansar y ella, la Desi, en estos casos, se hacía la que se irritaba más a fin de que la Tasia tirase por este lado y se olvidara de lo otro.

A la noche, al concluir de fregar los cacharros, la Desi subió de nuevo donde la Marce. No podía parar quieta. Estuvo más serena pero volvió a echar unas lágrimas. Le dijo a su amiga que no sabía qué podía

haber ocurrido pero que el Picaza estaba medio ale-
lado y ni hablaba, ni se reía, ni tocaba, ni nada. Sus
labios agrietados se fruncían en un puchero para decir:

—¡Ay, Marce, con la guasa que se gastaba! Si no
parece el mismo.

Pero a la tarde siguiente volvió el Picaza y el corazón de la Desi empezó a batir desacompasadamente al
percibir aquel tufillo inconfundible, hecho de sudor
humano, establo y cuero empapado en sebo. No es que
fuera el Picaza de antaño con su jovialidad agresiva y
sus bravuconadas pueriles, pero siquiera la contó alguna cosa de allá, como la historia del milagro y lo del
nido de la cigüeña. Decía la Desi, estimulándole:

—Ya sería una coz.

—Q... quita de ahí. Tenía el Corazón con las gotas
de sangre y todo, y bien dibujado. Y el cura dijo que
era cosa de estudiarlo porque la Tina cuando se metió
bajo las patas del macho para sacar a la criatura dijo:
"Corazón de Jesús, sálvala". Y cuando salió ya llevaba
el Corazón en rojo, arriba del brazo, y bien dibujado.

—Sí que es chocante.

—T... todo el pueblo anda alborotado con eso, ya
ves tú. Si no han desfilado mil almas por casa la Tina
pocas faltarán.

—¿Y lo de la cigüeña?

—L... l... la mala pata, porque otra cosa no. Si cae
un minuto antes, nada; si cae un minuto después, tampoco. Pero tuvo que caer cuando los mellizos andaban
enredando bajo la torre, ya se sabe. Claro que el nido
era una buena carga.

La Desi frunció su estrecha frente:

—Será cosa de oír a la Candelas ahora.

—C... calcula.

Luego el muchacho se desabotonó la guerrera, extrajo un papel mugriento del bolsillo interior y dijo:

—M... menuda la prepara el cura este año para la Virgen. Lo de otros años al lado de éste nada.

Desdobló el papel y lo leyó en un tono rutinario, salpicado de vacilaciones:

—E... e... en un justo anhelo de restaurar la grandiosidad de nuestras fiestas de la Virgen de la Guía de acuerdo con su hermosa tradición, hacemos un llamamiento a los hijos de este pueblo, seguros de encontrar el eco que nuestro propósito merece solamente concebido a la mayor gloria de Dios y de nuestra Santa Madre la Virgen de la Guía:

Pr... presupuesto de gastos

P... por nueve misas cantadas, alumbrado todo el año, derechos párroco, coadjutor, velas, etc.	4.105 ptas.
P... por tres sermones 6, 7 y 8 de septiembre (cálculo aproximado, estamos cn trámites con el P. Federico).	3.000 "
P... por fuegos artificiales . . .	5.000 "
P... por refresco (cálculo aproximado).	3.175 "
P... por circulares y correspondencia .	710 "
T... total	15.990 ptas.

C... cada uno puede aportar la cantidad que desee y con arreglo a la aportación se hará una distribución proporcional para asistir al refresco. El distintivo de los colaboradores será una medalla de la Santísima Virgen de la Guía, pendiente de la solapa con un pequeño lazo con los colores nacionales. Todos los que aporten más de un duro tendrán puesto destacado en la función religiosa.

¡A... a escote nada es caro!

¡A... ayuda a la celebración de la festividad de la Virgen de la Guía!"

Cuando el Picaza concluyó, la Desi, estuvo a punto de confesarle que ella también sabía leer pero decidió no precipitar la sorpresa. Sin decir palabra se incorporó, salió y regresó con una peseta cuidadosamente plegada en cuatro dobleces:

—Toma — dijo —. Se la mandas al señor cura de mi parte.

Él guardó la peseta con la circular en el bolsillo interior de la guerrera. Dijo:

—Y... y van por las diez mil quinientas. Con la subasta del pardillo se sacaron más de setecientas sólo en la escuela, mira tú.

La chica frunció el ceño:

—¿La subasta?

—E... el maestro llevó un pájaro y el Chicho, el de la Críspula, pujó hasta tres veinticinco y el maestro va y le dice: "Este dinero es para la Santísima Virgen, ¿quieres el pájaro o lo subastamos otra vez?". Y el rapaz se acobardó y dijo que otra vez, señor maestro, y que las tres veinticinco para la Señora. Y así hasta cuatrocientas y en la de las niñas hasta trescientas y como nadie se quedaba el pájaro le pusieron al pie de la Virgen. Y ahora andan con que si otro milagro porque el pardillo no se vuela.

La chica le miraba atentamente:

—¿No se vuela el pardillo del pie de la Virgen?

El Picaza sonrió con suficiencia:

—A... ver. El maestro me lo dio y yo mismo le quebré las alas.

—Será capaz, ¿don Fidel?

—Q... qué don Fidel, el nuevo. Va para dos años que don Fidel se largó del pueblo. El párroco no lo podía ver ni en pintura. De lo de las alas no te vayas a ir con el cuento.

Cuando el Picaza se marchó, la Desi quedó más sosegada. A la noche, la chica en camisa y con los brazos en cruz, le pidió a la Virgen de la Guía que el Picaza la quisiera.

A la tarde siguiente estrenó la rebeca para recibirle y aunque él no la dijo nada, ella pudo advertir en las furtivas miradas audaces de sus ojos que las cosas habían cambiado. Luego sí, la decía todo el tiempo midiéndola de arriba abajo:

—¿S... sabes que te prueba la capital?

La chica temió que le asomara la veta mala, aunque tal como andaban las cosas casi era preferible. La Culohueco, el ama del señor cura, afirmaba que el Picaza era un muchacho formal mientras no le asomara la veta mala y que cuando le asomaba la veta mala era capaz de cualquier perrería. A veces, en los funerales de primera, el Picaza sacaba una tenebrosa voz de ultratumba sólo por el gusto de asustar a las viejas. Y ellas lo comentaban a la salida: "Jesús, qué demonio de Picaza; hoy me metió el resuello en el cuerpo". Cuando mató a palos a la urraca amaestrada y cuando quebró las alas del pardillo y cuando acosaba a la Desi en el campo, el Picaza actuaba asimismo bajo el influjo de la veta mala. Pero después de su paralización del primer día, a la Desi, la muchacha, esto no la asustaba.

De pronto el Picaza se arrancó a canturrear "Jalisco" y con una pierna montada sobre la otra seguía el compás con el pie. Ella no le interrumpió. Cuando el Picaza se movía se llenaba la cocina de un hedor a sudor, establo y cuero ensebado. Fue él quien dejó de tararear por decisión propia y dijo con una jactanciosa sonrisa:

—M... mientras el Picaza ande en la mili se acabaron en el pueblo las bodas y los funerales de postín. El cura ha puesto un cartel diciéndolo así en la puerta de la iglesia. Si el Picaza no canta no hay nada que hacer, ya lo sabes.

Ella le golpeó amistosamente en el hombro:

—Chico, qué importancia.

—P... porque se puede, mira tú.

—A ver.

Se abrió una pausa y para llenarla, la chica se oprimió repetidamente, ladeando la cabeza, el oído lastimado con la palma de la mano.

Dijo el Picaza:

—¿S... sigue eso?

—A ver. Sigue siempre. De que llega el invierno se pone a cantar y es como si tuviera un cínife dentro de la cabeza.

—Sí que la tía Caya te dejó una reliquia.

—¡Mira! ¿Y qué es de ella?

El muchacho volvió a cruzar las piernas y a bailar un pie.

—Como siempre, para encerrar.

—¿Volvió el Raposo?

—¡Anda! Para el veintiuno del que viene un año.

El Picaza se desasosegaba. La Desi lo advertía en la frecuencia con que cambiaba de postura. Ella pensó: "De aquí a dos días el Picaza de antes". Pero él no aguardó tanto. Súbitamente se puso en pie y se la arrimó y la estrechó en una cálida mirada envolvente:

—M... me largo, me aguardan unos amigos — dijo y, sin razón aparente, posó su mano derecha en la cadera de la chica y la oprimió con fuerza—: ¿S... sabes que te pinta la capital?

Ella se retiró riendo:

—Mira, Picaza, no empecemos.

El hedor a cuero ensebado y a sudor y a establo la enervaba. Dijo él:

—M... mañana te aguardo en el portal.

—Bueno.

Caminaban hacia la puerta:

—A... a las cuatro.

—Bueno.

Ella tomó el picaporte pero él adelantó de nuevo la mano y ella saltó hacia atrás riendo a carcajadas, pero él la seguía y ella le golpeaba la mano y le decía: "Anda, asqueroso, para quieto si puedes".

Al fin, el Picaza se fue y la Desi suspiró hondo, sofocada, reclinó la mejilla en la puerta sonriendo y allí permaneció inmóvil hasta que las pisadas del muchacho se extinguieron allá abajo, en lo profundo del hueco de la escalera.

XIII

Dijo el viejo Isaías fustigando el aire con su bastoncito y trocando su dorada sonrisa por una ambigua mueca de gravedad:

—¿Sabes quién anda apuradillo?

El viejo Eloy volvió a él sus pupilas gastadas y dijo
con una punta de voz:

—¿Quién?

—Pintado, el ferretero.

—Ya tiene años Pintado.

—Andará por los setenta y cinco; no le pongo ni
uno más.

El viejo Eloy se pasó el pañuelo por la punta de
la nariz. Sus paseos cotidianos con Isaías databan
de 1930. Hasta entonces, el viejo Eloy y su amigo Isaías
se preguntaban al encontrarse: "¿Sabes quién ha tenido
un heredero?". Desde 1930 el viejo Eloy y su amigo
Isaías se preguntaban al encontrarse: "¿Sabes quién
anda apuradillo?". La ciudad renovaba su caudal humano de manera incesante y el viejo Eloy, cuando en
sus paseos se acercaban al cementerio, solía decir señalando con un dedo temblón las tapias del recinto:

—Tengo ya más conocidos ahí que fuera. Eso nos
pasa siempre a los viejos.

Se limpiaba la nariz. Decía Isaías: "Tú siempre

con tus cosas". Desde hacía tres meses, el viejo Eloy replicaba indefectiblemente: "Lo quiera o no, me ha salido la hoja roja en el librillo de papel de fumar. Es un aviso".

Lucita, la mujer del viejo Eloy, jamás tragó a Isaías y en vida le decía a su marido que qué veía en ese hombre para soportarlo a diario. Mas ella ignoraba que detrás de Isaías estaba Madame Catroux, la francesa, y su colegio de párvulos; y estaban Poldo Pombo y su biciclo y las poleas gimnásticas del doctor Sandon; y estaban Elena y el tío Alejo y la Antonia y la Emma Abbot y Rovachol y su primer calor; y estaban la Rosina, la hija de la Fuensanta, la criada murciana, y la Paquita Ordóñez y su frivolidad y la Casa de Baños y Pepín Vázquez y sus negras ideas sobre las cosas; y estaban las muchachitas del Fígaro y los Jurados Mixtos y el Conde de las Almenas y la coronación del Rey; y estaban el tío Hermene y sus *puzzles* y el Banco Cooperativo y ahora, andando el tiempo, estaban incluso ella, Lucita, y Goyito, su hijo menor, y toda una vida.

Decía el viejo Eloy deteniéndose y buscando la cara del sol:

—A mi hermana Elena, tú lo sabes, nunca la tomé en cuenta lo que hizo conmigo. Y cuando murió, encargué un novenario de misas y la puse la papeleta en el periódico como si tal cosa.

Isaías fustigó el aire con el bastón. Solían pasear durante hora y media, y luego, cuando declinaba el sol, buscaban refugio junto a los muros verdigrises de San Ildefonso, con todos los viejos cesantes y todos los niños irresponsables de la ciudad.

Decía Isaías de pronto:

—Andando poquito a poco.

Y reanudaban la marcha para interrumpirla de nuevo quince o veinte metros más allá.

Pero, en realidad, el calor de la Antonia lo perdió el viejo Eloy antes de lo del sacrilegio y, por lo tanto, antes de que su hermana Elena marchase de señorita de piso a Bilbao, al convento de su amiga Heroína. Y si la Antonia no se hubiera empeñado en llevarle aquella mañana al funeral de la Condesa ni en contarle luego lo del hombre que se disfrazó de criada para robar la casa de un rico, su calor hubiese muerto regularmente, por consunción. Pero la Antonia era muy aficionada a las honras fúnebres y solía aprovechar sus salidas a la compra para asomarse a los funerales de los personajes importantes y regodearse así sintiéndose viva y compadeciendo a los que tenían los ojos hinchados de tanto llorar en la presidencia. Y aquella mañana le dijo al niño: "Hoy te vienes conmigo a un funeral de postín, caraguapa". Y el niño se fue con ella. Los negros crespones cubrían el enorme catafalco y del coro goteaban unas tenebrosas letanías y la Antonia le arrimó los gruesos labios a la oreja y le dijo: "Bajo los paños están los muertos. Estáte formal; hay un puñado de ellos". El niño empezó a temblar y se apretó contra la Antonia: "¿Cuántos habrá, Antonia?", preguntó en un susurro. "Lo menos ocho o diez. ¿No ves lo grande que es el cajón?", respondió ella. El niño no acertaba a dominar sus nervios. Añadió: "¿Por qué están ahí?". Decía ella: "Para que los curas les echen agua bendita y los demonios no les arrastren de los pelos al infierno".

Cuando salieron, el niño, que más tarde sería el viejo, respiraba roncamente, como si sollozase, y a cada ruido inesperado se estremecía. No obstante, todo lo hubiera olvidado si la Antonia no remacha horas más tarde en el mismo clavo contándole la historia del hombre que se disfrazó de criada para robar la casa de un rico y se metió dos toallas en el pecho y fue descubierto porque la señorita le sorprendió una mañana afeitándose en la despensa y con las toallas sobre una silla. El niño sólo decía: "¿Sí, Antonia?". Pero poco a poco iba separándose de ella, observando aterrado sus lacios bigotes y su nuca vigorosa y sus peludos antebrazos estremecidos de músculos y cuando sonó el timbre de la calle escapó corriendo y se refugió en las piernas del tío Alejo y voceaba histéricamente: "La Antonia es un hombre disfrazado, tío. ¡Échala". La Antonia le miraba asombrada y decía: "¿Qué le pasa hoy a la criatura?". El niño porfiaba: "¡Échala, tío; es un hombre! Tócala, tiene dos toallas metidas ahí". Pero el tío Alejo, su cuñado, a pesar de que era un gigantón, no se decidía a palparle los pechos a la Antonia para comprobar si aquellos bultos eran toallas o no y su indecisión aumentaba el terror de la criatura. La excitación del niño era tan grande que hubo que trasladarle provisionalmente a casa del tío Hermene hasta que días más tarde acaeció lo del sacrilegio y su hermana marchó a Bilbao de señorita de piso, el tío Alejo a Venezuela en el "Rey Fernando" y la Antonia, o lo que fuese, donde la señorita Emilia para sacar niños.

Pero el viejo Eloy al confesarle a su amigo Isaías que él nunca le tomó en cuenta a su hermana Elena lo que hizo con él no se refería a su distanciamiento sino a la cuestión de las joyas. El tío Hermene, sin la menor malicia, fue quien le dijo un día lo de las joyas de su madre; mas cuando el viejo Eloy, al cumplir los 23, escribió a su hermana a Bilbao, aquélla le respondió que hacía diez años que donó las joyas para una custodia y que qué mejor destino, pero que si, a pesar de todo, él seguía en la idea de recibir su parte, vendería sus ropas y se estrecharía y le pagaría, pero que, en verdad, nunca pudo imaginar que su hermano fuese tan interesado. En vista de ello, el viejo respondió que no era eso, que lo que ella dispusiera él lo acataba y que qué sabía del tío Alejo, si seguía en Venezuela, pero jamás tuvo respuesta a esta carta.

El viejo Eloy, cada vez que se detenía, buscaba la cara del sol y se dejaba rebozar voluptuosamente por sus rayos. Le dijo a su amigo Isaías:

—El tío Hermene fue un gran hombre. Él decía que mi padre pudo ser una figura pero que los Núñez siempre derrocharon su talento.

Isaías le miró y sonrió y agitó el bastón y dijo:

—Andando poquito a poco.

A los lados del camino se erguían las acacias desnudas y detrás de las cuentas las primeras huertas y las primeras barracas suburbiales. El sol, pálido y blando, apenas tendía sombras sobre el asfalto. Los dos viejos avanzaban a pasitos muy cortos, ligeramente encorvados, sin apremios. Sabían que el sol tenía su horario y no podía jugársela.

Al pasar del calor de la Antonia al calor del tío Hermene, el viejo Eloy no advirtió diferencias de temperatura. Las noches de invierno, junto al brasero, el tío armaba complicados *puzzles* y la Rosina, la hija de la Fuensanta, la criada murciana, y él le ayudaban a buscar pedacitos y cuando uno de ellos casaba palmoteaban y se llenaban de regocijo y el tío Hermene decía: "Ojo, no lo echemos a rodar". Y en otras ocasiones se disfrazaban y una vez que los tres estaban hechos unas fachas jugaban a decir versos solemnemente y el tío Hermene poseía una hermosa y profunda voz de recitador. Después, cuando llegaba el primer domingo de primavera, venía la gran fiesta del Banco Cooperativo. Se reunían muchos niños y niñas y padres y madres en la Plaza y de allí a "Los Almendros en Flor" iban en alegre caravana entonando el himno de la institución:

> *Poco a poco, pionier,*
> *del Banco Cooperativo.*

> *Poco a poco, pionier,*
> *del Banco Cooperativo.*

> *Plantaremos arbolitos.*

Algunos desafinaban o se precipitaban:

> *¡Verás los senderos*
> *cubiertos de flores!*

Y entonces don Gregorio de la Toja, el Presidente, se erigía en director de orquesta y lo hacía con tanto calor que a veces propinaba un coscorrón a alguno de los pequeños cantores que se desmandaba. Ya en "Los Almendros" empezaba la ceremonia de la repoblación y cada niño con una azadilla plantaba un arbolito y rodeaba su débil cintura con un cordel y una plaquita con su nombre y la fecha. Después venía la comida campestre y, por último, el discurso de don Gregorio

de la Toja, el presidente, en el que cada año decía
que había que despertar en los niños el amor por las
plantas y que el niño que amaba las plantas sería el
día de mañana un ciudadano ejemplar. Al atardecer
regresaban con las piernecitas cansadas y las pupilas
atiborradas de luz, pero don Gregorio encabezaba el
grupo y al entrar en la ciudad, ya anochecido, les con-
minaba: "¡Ahora, venga!".

Y todos los niños entonces se arrancaban a cantar
desganadamente con sus delgadas vocecitas adorme-
cidas:

> *Poco a poco, pionier,*
> *del Banco Cooperativo.*

Cada mes, mientras duraba el buen tiempo, el tío
Hermene les llevaba a la Rosina y a él a "Los Almendros en Flor" a ver los progresos de sus arbolitos. Y la
Rosina y él hacían de esto una competencia y rega-
ñaban ardorosamente. En los últimos años cuando al
tío Hermene se le hinchó la pierna de aquella bárbara
manera y yació en cama durante meses y meses, la
Rosina, la hija de la Fuensanta, la criada murciana,
era ya una señorita que más que los árboles amaba los
pantalones y le decía a su padre adoptivo cada vez
que salía a la calle: "Adiós, papá, que te diviertas".
Y el tío Hermene, que andaba ya con unos dolores
continuos y crueles que le hacían sudar blanco por
la calva, respondía pacientemente: "Adiós, hija, que te
alivies". Luego estos dichos se comentaban en el
Círculo, e incluso algunos que no eran suyos, se los
atribuía la ciudad a pesar de todo y las gentes decían:
"Son cosas de Hermene Núñez". Y cuando el tío Her-

mene, a punto de morir, les reunió en torno al lecho y todos aguardaban sus últimas disposiciones, él se limitó a decir: "No olvidéis que tengo mi traje gris en el quitamanchas". En ese instante se fue la luz y cuando volvió, el tío Hermene era ya un cadáver que sonreía con su enorme calva rosada que paulatinamente iba trocándose cenicienta. Rosina, la hija de la Fuensanta, se obstinó en que era él quien había apagado la luz al marchar y en el Círculo se corrió la voz de que Hermene Núñez, aun después de muerto, seguía gastando bromas a los sobrinos. Fuese como quiera, Hermene Núñez se fue con su pierna enferma y su ingenio y, años más tarde, se fue la Rosina, de sobreparto, allá en Sevilla donde se había casado con un ayudante de ingeniero forestal.

Y el viejo Eloy le decía ahora a su amigo Isaías durante sus paseos vespertinos:

—Mi tío Hermene aseguraba que mi vocación de funcionario municipal me vino de herencia. Mi padre no toleraba el desaseo urbano y escribía, por ese motivo, frecuentes cartas al diario. Recuerdo una que concluía así: "¿No hay disposición que determine cuándo deben verificar la operación los encargados de verter las tradicionales ollas de la basura sin ofender uno de los cinco corporales sentidos de los transeúntes en las primeras horas de la noche?". Decía el tío Hermene, y le sobraba razón, que esta carta podía firmarla Cervantes y, sin embargo, la firmaba Eloy Núñez porque el mundo no siempre da la fama a quien la merece.

Isaías levantaba su flexible bastoncito y decía sonriendo:

—Andando poquito a poco.

Una tarde, los dos viejos, apurando el último sol

ante los muros de San Ildefonso, regañaron fuerte. La cosa empezó porque el viejo Eloy aseguraba que en sus tiempos había otra seriedad y que los problemas importantes se resolvían sin prisas y que recordase, sin más, que el propio Ayuntamiento antes de decidir el asfaltado de la Plaza o la instalación del alcantarillado, se reunió en pleno extraordinario doce veces para lo primero en 1903 y dieciséis para lo segundo en 1904. Posteriormente Isaías se quejó de que mediada la digestión se le ponía una franja dolorosa entre el estómago y el intestino y entonces el viejo Eloy le recomendó que bajase a la espesura del parque a evacuar de madrugada porque la Naturaleza era el mejor regulador, pero su amigo Isaías replicó acalorado que eso no, que eso, como todo, iba en temperamentos y que recordase que Aguado, sin ir más lejos, se ponía al corriente revisando legajos viejos y que él decía que era el polvillo. De unas cosas pasaron a otras e Isaías le hizo ver que en sus tiempos no había mujeres como las de hoy y que observase y, al decirlo, le señalaba una prieta muchacha que atravesaba la plaza, pero el viejo Eloy puso tanta pasión en recordarle a la Paquita Ordóñez que se le soltó la dentadura y eso le enojó. Al separarse la irritación de ambos era tan manifiesta que ninguno hablaba y en su fuero interno consideraban que su vieja amistad era un hecho que acababa de pasar a la Historia.

Sin embargo al día siguiente se encontraron como cada tarde en los soportales, junto a la papelería de Afrodisio Niño y ninguno de los dos recordaba la controversia de la víspera y, en cambio, recordaban lúcidamente, aun en sus más nimios pormenores, la escuela de Madame Catroux, la francesa, fallecida 50 años

atrás, y el viaje en biciclo de Poldo Pombo, y la creación de los Jurados Mixtos, y la Casa de Baños y la
pelea con los cadetes y la coronación del Rey. Y dijo
Isaías, sonriendo al sol y a la vida con sus tres dientes
de oro:

—Andando poquito a poco.

Veinte metros más allá, los dos viejos se detuvieron.
El viejo Eloy se limpió mecánicamente la punta de
la nariz y buscó la cara del sol. Dijo su amigo Isaías,
fustigando el aire con su bastoncito:

—¿Sabes quién anda apuradillo?

El viejo Eloy levantó sus párpados reblandecidos y
resignados:

—¿Quién?

—Pintado, el ferretero.

—Ya tendrá años Pintado.

—Andará por los setenta y cinco; no le pongo ni
uno más.

En el aire se cernía un sol lánguido y plano que
apenas dibujaba sombras sobre el asfalto.

XIV

Eʟ fotógrafo ocultó la cabeza bajo el trapo negro y dijo perentoriamente:

—Quietos, un momento.

El Picaza se colocó en su lugar, descanso; el pie izquierdo ligeramente retrasado, el mentón erguido, la mirada desafiante, las manos relajadas, superpuestas a la altura de la pelvis. La Desi, la muchacha, se encampanó rígidamente, como siempre que algo la apuntaba, lo mismo fuese un objetivo, un ojo o un revólver.

Dijo la sofocada voz del artista bajo el paño negro:

—Sonrían, por favor.

La Desi, la muchacha, esbozó una sonrisa enteriza y su incomodidad aumentó. El Picaza observó que se aproximaba un grupo de reclutas y le dijo al artista sin descomponer la postura, sin mover un solo músculo de la cara, sin mover apenas los labios:

—A... apure, ¡coña!

Entonces el artista destapó el objetivo, asomó la cabeza levemente congestionada y dijo:

—Son cuatro cincuenta.

El Picaza registró los fondos de los bolsillos de la guerrera, extrajo tres pesetas, y, luego, contó, una a una, quince monedas de diez céntimos.

—Ha... hasta luego — dijo.

Se perdieron en lo profundo de los jardines. Un tibio, mortecino, sol invernal, se arremansaba en el parque. El Picaza andaba con las piernas arqueadas, arrastrando las suelas de las botas, remoloneando en torno de la muchacha. La Desi, envuelta en su rebeca heliotropo, sentía frío, pero la conciencia de su propio decoro y su íntima satisfacción, la abrigaban. El Picaza, transcurridos unos días, había vuelto a ser el mismo de siempre, con su osadía incisiva y su mala lengua y su vitalidad envolvente y su hermosa voz. Al cabo de unos minutos regresaron donde el artista y anduvieron un rato sentados en un banco riendo y comentando la fotografía.

—Vaya una cara que me ha sacado el tío baboso ése; parece una cualquier cosa — la chica se palmeaba el muslo y reía a carcajadas —: ¡Anda que tú, madre, qué facha!

Los jueves y domingos, el Picaza aguardaba a la muchacha a las cuatro, frente al portal, curioseando la vitrina de la relojería de "Emeterio". Si el tiempo era bueno recorrían los paseos del parque y, a la noche, daban un par de vueltas por la calle principal o permanecían, sentados muy juntos, en la oscuridad de los jardines. En estos casos, el Picaza le cantaba a la chica a media voz "El Relicario" o "Por qué tengo penas". Mas la Desi prefería pasear porque en la sombra de los jardines sintiendo en su mejilla el aliento del Picaza y en el corazón los trémolos de su voz temía que su resistencia flaquease. Paseando, en cambio, se evitaba este peligro, siquiera el Picaza, con su peculiar audacia, la enviase con frecuencia un azote o un pellizco intencionado. Ella se reía:

—Para quieto, Picaza.

Él la guiñaba un ojo:

—¡P... p... pelela!

—¡Asqueroso! — decía la Desi tiernamente, propinándole un empellón.

A menudo él la compraba pipas de girasol y mientras charlaban iban escupiendo las mondas sobre las espaldas de los transeúntes. Hablaban del pueblo, o de la Marce, o del cabo Argimiro, o del cuartel, o, simplemente, se contaban los argumentos de las películas. A veces el Picaza se extasiaba ante cualquier perspectiva urbana: "A... anda que si la plaza ésta en lugar de andar aquí la llevaran a mi pueblo", decía. Mas la Desi le reconvenía: "Vamos, olvídate del pueblo, concho; parece que no hubiera más cosas en el mundo". Al lado del Picaza la muchacha se sentía vivida y avezada.

En ocasiones, hacían cuarteto con la Marce y el cabo Argimiro. A la Marce no la agradaba el Picaza y así se lo plantó a la Desi en la primera oportunidad: "Madre, qué patas, maja; le pasa un perro por medio y ni se entera". La Desi se encendió toda, pero le faltó coraje para enfrentarse. Dijo oscuramente: "Marce, guapa, todos tenemos defectos". En general, el físico del Picaza defraudó a sus compañeras y los domingos a la salida de misa de 7 en San Pedro, la Desi había de sostener acaloradas porfías. Un día la Tasia dijo de sopetón: "¡Vaya un tipo, ni buscado con candil se le encuentra más facha!". La Desi fue ciega hacia ella, pero terció la Marce y las separó; fue una suerte porque en los pequeños y desguarnecidos ojos de la Desi brillaba un impulso homicida. Pero, de ordinario, la

Desi se despachaba con cuatro frescas y se quedaba tan terne: "Envidia, eso es lo que tienes, que desde que murió tu padre no te se arrima un hombre"

Algunas tardes paseaban con la Marce y el cabo Argimiro, pese a que los galones del cabo intimidaban a la muchacha. Temía su autoridad, pero más que su autoridad temía que un día la ejerciese y sorprendiese al Picaza con la veta mala. El Picaza, en cambio, se permitía embromar al cabo sin consideración a sus galones. En alguna ocasión se mostró tan audaz que la Desi se ofuscó toda, esperando un alboroto. No obstante, el cabo Argimiro, que era más largo que una peseta de tripas, por más que ella no se lo refrotase a la Marce, tenía correa para rato. Y con el Picaza no hacía malas migas. Algunas veces la Desi les había visto darse de codo y reír sofocadamente ante el escaparate de Leo Conde, donde se exhibían piernas anunciando medias y bustos de mujer con sujetadores de seda. En esos casos, los muchachos cuchicheaban y hacían muecas sin cesar y se reían por detrás de ellas.

La Marce, sin embargo, que recelaba que cualquier día el cabo Argimiro diese la espantada, la regañó una noche:

—Oye, maja, dice Argimiro que un día el Picaza ése le va a cabrear de más y va a tenerle media hora firme en medio del paseo.

La Desi se asustó. No osó, empero, comunicarle nada al Picaza. Se le imaginaba firme entre la multitud, asediado por las chirigotas de unas y otros y estaba segura de que el Picaza no soportaría esta humillación. Sin necesidad de remontarse, ella recordaba cuando el Picaza le cortó la oreja al Velao, en la taberna del tío Boti, con la misma naturalidad con que un caballero se descalzaría un guante. El Velao andaba borracho y le dijo al Picaza que no era hombre como para cortarle la oreja y entonces el Picaza se puso en pie, abrió la navaja y de un solo tajo se la seccionó limpiamente. Eso acontecía cuando al Picaza le asomaba la veta mala, como decía la Culohueco, el ama del señor cura, pero lo tremendo era que al Picaza le asomaba la veta sin avisar y uno nunca sabía en qué disposición de ánimo iba a encontrarle.

De chico, cuando atendía aún por Manuel, capturó una picaza en la ribera del río y la crió con solicitud y la dispuso un pesebre en la cuadra de su cuñado con todas las comodidades imaginables. La urraca, ya de adulta, bajaba a comer a su mano e incluso el muchacho la enseñó a hablar y a silbar. Cada vez que le veía, el pájaro decía: "Ho... hola, Lolo", y el Picaza, por las mañanas, le daba suelta y a la noche el animal regresaba a la cuadra con las garras cargadas de abalorios y cristalitos multicolores que iba depositando cuidadosamente en el pesebre. El Picaza le aguardaba cada atardecida y le daba de comer caracoles, gusanos, sapos y bayas silvestres. Al concluir el festín, la urraca se acostaba en el pesebre sobre su tesoro y ahuecaba las plumas como si tratara de empollarlo. Su cuñado, el Siestas, le decía que no se fiase de las picazas, que eran zalameras con los pájaros más fuertes que ellas y crueles con los pequeños y que se había dado el caso de que una urraca se emparejase con una corneja para matarla a traición mientras dormía, pero el Picaza no le hacía el menor caso.

A la primavera siguiente el chico atrapó en la higuera del corral un nido de verderones con cuatro pollos y los enjauló y la madre venía a darles de comer a cada rato a través de los barrotes. Una mañana, le despertó al Picaza un frenético piar y al levantarse se encontró a las cuatro crías con los sesos al aire y a la madre piando y aleteando desaforadamente sobre la jaula. Nadie supo cómo ni en qué instante le cambió la veta al Picaza, que entonces sólo era un niño, pero sin decir palabra tomó una de las varas que hacían de apeo los años que los cerezos traían mucho fruto, se encerró en la cuadra y cuando salió llevaba la cara arañada y en la mano derecha portaba triunfante el cadáver de la urraca que no era más que un revoltijo de plumas blancas, verdinegras y azules. Su cuñado, el Siestas, le preguntó qué había ocurrido, pero el chiquillo lanzó el cadáver por encima de la tapia y balbució escuetamente: "A... andaba celosa la muy zorra". Luego se sacudió una mano con la otra y no volvió a hablarse del asunto.

La Desi desconfiaba fundadamente de los prontos del muchacho; temía, en particular, que le asomase la veta mala si al Argimiro le daba por aplicarle su autoridad. La Marce la asustaba por las noches: "La mili no es cosa de broma, maja; que se ande con ojo, díselo, que se ande con ojo". Ella, la muchacha, no le decía nada recelosa de desencadenar sin más una tragedia, pero cada vez que veía de cerca los galones rojos del Argimiro se le iba la sangre a los zancajos. Por otra parte, el Picaza tenía buen corazón y a las dos semanas de llegar a la ciudad se presentó en casa con un anillo de acero inoxidable con una "P" y una "D" caprichosamente entrelazadas. Ella estuvo a punto de arrancarse a llorar, se lo puso en el dedo índice, lo contempló enternecida y dijo brumosamente:

—Estás loco, Picaza. ¿A qué ton viene ese gasto?

—E... eres mi novia, ¿no?

—A ver.

—P... pues eso.

Le había costado siete noventa en un tenderete a la puerta del cuartel. El del carretillo le pedía nueve, pero él porfió que siete y finalmente partieron la diferencia. El Picaza había entrado en la mili con buen pie y de que el sargento le oyó cantar le apuntó en el orfeón y le comprometió para participar en los actos del día de Santa Bárbara y en el desfile del Cristo de los Artilleros para Semana Santa.

—Anda y que no lo toman con tiempo — comentó la Desi.

Durante medio año, el Picaza ahorró en el pueblo para poder dilapidar en la ciudad. A la Desi la tenía deslumbrada. Cuando no era un anillo de acero inoxidable, era una fotografía al minuto o seis reales de pipas. El Picaza no miraba la peseta. Los domingos salía en rebaño del cuartel con sus colegas y si pasaba una señorita de buen ver rebuznaban todos a coro. De dos a tres, para hacer tiempo, se iban todos en manada a ver las piernas y los pechos del escaparate de Leo Conde. Las piernas eran de madera, pero tenían ligas y todo y estaban bien conformadas, al igual que los pechos que se ocultaban pudorosamente tras un sujetador de seda que trasparentaba. Si iba con la Desi y con la Marce y el cabo Argimiro, se reprimía, limitándose a darle a éste con el codo y a reír por lo bajo, pero si iba con sus colegas decía, después de suspirar teatralmente:

—¡A... ay, madre! De una tía así no me separaba yo en todo el tiempo de la mili.

Decía Demetrio, el de Villacabrales, con la mirada empañada:

—Está buena, ¿eh?

—V... vaya si está.

Los soldados permanecían un cuarto de hora estacionados ante la vitrina, inmóviles, los pulgares prendidos en el negro cinturón, a los lados de la hebilla, como hechos a multicopia. Después se iban a ver las carteleras de los cines y el juego excitante y turbador continuaba. Una hora después la pagaban las chicas de servicio, inermes para contrarrestar la ardorosa ofensiva. De ordinario, los reclutas iban y venían, fluctuaban en una rutinaria y tediosa indecisión, arrastrando los zapatos, moviéndose por bloques, no por unidades. Mas a las cuatro en punto se iniciaba la desbandada, pues quien más y quien menos disponía de un portal donde esperar.

El Picaza solía hacerlo mirando los relojes de "Emeterio", frente a la casa del viejo Eloy. El hermano de don Ulpiano, su comandante, le había dicho que cuando cumpliera, si se comportaba disciplinadamente, le pondría de chófer en un camión. Entonces ingresaría una buena soldada e incluso podría comprarse un reloj chapado en oro. De momento no cabía sino esperar. Mientras aguardaba a la Desi, el Picaza mordía un mondadientes o una boquilla de plástico. Con la boquilla había de andar al quite pues en un descuido podía abrasarse los hocicos como el Gumer, el de Valdecasas. Si no chupaba un palillo o la boquilla, mondaba, valiéndose de los dientes y la lengua, pipas de girasol. El caso era no parar quieto, como decía la Desi. Si le obsequiaban con un cigarrillo consideraba una desatención no lucirlo antes de quemarlo unos minutos atravesado en la oreja. Aprendió a hacerlo en los bautizos y las bodas de su pueblo y ahora en la ciudad continuaba haciéndolo. A la Desi la agradaban estas cosas, le parecían detalles que aumentaban el natural atractivo del muchacho. La chica no veía arqueadas las piernas del Picaza, ni juntos sus ojos, ni roma su nariz. A ratos, cuando él caminaba escupiendo distraídamente mondas de girasol, ella le observaba con disimulo el perfil y su corazón sensible se aceleraba. Y si acaso, en ese momento, cruzaba un superior, particularmente si era un general, y el muchacho se cuadraba de un taconazo, la vista altiva en el infinito, el pecho saliente, el mentón recogido y la mano inmóvil en la sien, la chica se implaba de orgullo y a la noche la decía a la Marce arrebatada: "Marce, tú no le has visto saludar, no le has visto saludar, parece una medalla". La Marce reposaba en ella sus ojos abesugados: "Lo que tienes que decirle es que se ande con ojo. Un día le pica de más al Argimiro y se arma el trepe en el paseo, ya ves".

Entre semana el Picaza subía un par de veces donde la Desi aprovechando los paseos del viejo. A la chica, el verse a solas con él en la casa silenciosa, la ponía la cabeza como vacía. Su resistencia, en esos casos, era puramente instintiva. Ella aceptaba que el Picaza podía tocar con cierto decoro, porque sí, porque para eso era su novio, pero de eso a lo otro había distancia. Por eso prefería cortar en flor las extralimitaciones del muchacho:

—Quieto, Picaza.

O más contundente aún:

—¡Saca esa mano o te suelto un bofetón, vaya!

Una tarde la Desi hubo de revelar su secreto para contenerle a pesar de que todavía no leía de corrido:

—Atiende, Picaza, ya sé leer.

Él arrimó aún más su taburete al de la chica y ella desplegó el periódico grasiento sobre el fogón:

—A... a verlo — dijo él.

La chica permaneció unos segundos con la lengua entre los dientes, clavados los ojos donde el dedo chato y rojizo parecía sujetar la sólida línea de gruesos caracteres y, finalmente, se arrancó:

—Fran-co-con-de-co-ra-do-con-el...

Se interrumpió de pronto, miró al muchacho con simulado disgusto y sin separar el dedo del renglón, le desplazó con el hombro:

—¡Quieto, Picaza! — volvió los ojos al periódico y prosiguió —: ...con-el-Collar-del...

Le miró, de nuevo, la chica furiosamente:

—¿Quieres parar quieto de una vez, Picaza?

El Picaza sonreía cucamente. Ella se obstinó:

—...el-Co-llar-del-Mé-ri-to-E-cua-to-ria-no.

Al concluir se incorporó de un salto:

—¡Te estás quieto o te suelto una guantada, vaya!

Pretendía mostrarse airada pero, de pronto, rompió a reír en rojas risotadas, doblándose por la cintura, y golpeándose ardorosamente el muslo, mientras el Picaza la invitaba de nuevo a sentarse a su lado y ella, entre carcajada y carcajada, le decía que no con la cabeza. Cuando se le pasó la risa, la chica le contó cómo aprendió a distinguir la "P" de la "Q" y le pre-

guntó si había reparado alguna vez en que la "i" de
Picaza se refugiaba como acobardada bajo la gran ba-
rriga de la "P". Mas el Picaza estaba a lo que estaba.
Dijo:

—A... a propósito de barrigas, ¿sabes tú que a la
Pruden la hizo una el Caraplana el otoño pasado?
É... él dice que cuando regrese de la mili se casará
con ella, pero eso todavía no lo he visto yo.

XV

Eɴ los últimos días el viejo Eloy advirtió una nueva luz en los macilentos ojos de la Desi. No es que la muchacha se hubiese tornado atractiva ni su rostro denotase la menor inteligencia, pero de pronto su persona emanaba como una expansiva vivacidad. Por las mañanas, cuando él se refugiaba junto al fogón, la chica canturreaba alegremente y sonreía como para sus adentros y se mostraba complaciente y cada vez que le dirigía la palabra era para preguntarle por su señora y sobre los pormenores de sus relaciones en el pasado:

—Señorito, no me vaya usted a decir que Lucita es un nombre cristiano.

—No, hija, su nombre era María Luz y la decíamos Lucita. Tú tampoco te llamarás Desi a secas me imagino yo.

La chica le observaba atónita:

—¡Otra! Usted dirá, si no.

—Claro, hija. Eso son diminutivos cariñosos.

La Desi rompía a reír:

—Dimini... ¿cómo dijo?

—Diminutivos, hija.

—¡Será capaz!

Se palmeaba ruidosamente el muslo y soltaba una risotada:

—Usted siempre de broma.

Ya encarrilados, la muchacha inquiría dónde y cómo conoció a la señorita y lo qué le dijo la primera vez y si se casó en el ciudad y si hubo muchos invitados el día de la boda. El viejo Eloy se dejaba llevar. En la vida siempre procuró dejarse llevar, pero a Lucita, su esposa, la enojaba que en el baile renunciase a la iniciativa: "Bailar contigo es lo mismo que hacerlo con un palo, Eloy", le decía. Y él entonces procuraba enmendarse, pero ella le regañaba: "No me levantes en vilo, por Dios bendito, que pierdo el paso". El viejo Eloy relajaba la tensión: "Pero, alma de Dios, ¿es que la música no te dice nada?", añadía ella. Él tornaba a erigirse en conductor, más Lucita le reconvenía nuevamente: "Si no aflojas acabaré desmayándome. Es que la cortas a una el resuello, ¿eh?".

De ordinario, Lucita, su esposa, exhalaba un calor áspero, pero confortable. No se parecía en nada al vaho cálido, un poco animal, de la Antonia, ni al sedante y vegetal del tío Hermene. Con Lucita, su fórmula de dejarse llevar no le dio jamás buenos resultados. Ya de novios, ella le dejaba decidir para, después, hacerle responsable del fracaso. Algún sábado caían por el Royalty a oír a la Ruiseñora; pero Lucita siempre se disgustaba y decía que la Ruiseñora valdría para animar a un regimiento de caballería, pero con gente fina no tenía nada que hacer, porque era una actriz que decía más con el cuerpo que con la boca. Ya casados, Lucita continuó fiel a su fórmula y si él decía a pasear, ella, de regreso, le echaba en cara que no pudo elegir tarde más fría; y si él decía al teatro, ella, Lucita, le censuraba su decisión alegando que la obra era mortalmente aburrida; y si él decía que a visitar a los Cobos, Lucita, tan pronto se veía en la calle, le recordaba que Isaías no era santo de su devoción y que por lo que afectaba a su hermana Lupe era tan sosa y vacua como una pava; y si él, algún día, trataba de sorprenderla con los nuevos carretillos de la limpieza o los escobillones de brezo, ella decía toda alborotada: "Deja quietas las basuras, Eloy, o me volverás loca".

En cualquier caso, Lucita era una mujer muy particular y exigía demasiado de la vida y cuando su marido la decepcionaba, le imponía duras penitencias que él cumplía dócilmente porque lo primero de todo era el calor del hogar. Por otro lado, Lucita, su esposa, no admitía presentarse en público sino en todo su saludable esplendor y, de aquí que al menos cuatro días por mes, se recluyera en la cama sin querer ver a nadie. Lo mismo acontecía si le asaltaba un dolor de muelas o si quedaba embarazada. En estos casos durante los nueve meses y la cuarentena del sobreparto únicamente el viejo Eloy podía vulnerar su intimidad aunque con la persiana entornada. Con alguna frecuencia, Lucita le decía: "Eloy, prométeme que cuando me muera me pondrás un velo por la cara para que no me vea nadie". Él decía: "De acuerdo". Lucita porfiaba: "Júramelo". Él decía: "Te lo juro". Ella aún recelaba: "Pero júramelo por algo, Eloy, con más calor". Él inquiría: "¿Y por qué voy a jurártelo?". Ella abría el camino: "Pues por la memoria de tus padres, o por los evangelios o por algo santo". Él obedecía, mas no transcurría una semana sin que Lucita le encareciese de nuevo con análogo ardimiento y él volviera a obedecer.

La Desi le decía apasionada:

—¿Y le puso usted el velo por la cara, señorito?

—Hice lo que le había prometido, eso es.

—Madre, ya se necesita valor. ¿Sabe usted lo que le pidió uno a un vecino allá en mi pueblo?

—¿Qué, hija?

—Que una vez que la doblase le abriera las venas de las muñecas para que no le enterrasen vivo.

—¡Qué horror!

—Pues con toda su sangre fría fue y le cortó las venas, que luego el alcalde le quería meter en presidio y todo, ya ve.

Era extraña la confianza que unía al viejo con la Desi. Muchos de sus recuerdos que se había reservado durante setenta años, los revelaba ahora, ante aquella burda y elemental muchacha, sin hacerse la menor violencia, sin someterse a la menor presión. La chica se mostraba insaciable:

—¿Y qué la decía usted? ¿Qué la decía, señorito, cuando novios?

—Pues la decía, hija, todas esas cosas que se han dicho siempre, pero ella era especial. Ella decía: "Eloy, no es lo mismo decirle a una mujer "vida mía" que "mi vida".

La Desi le miraba con el ceño fruncido. Rara vez comprendía las explicaciones del señorito y sus ojos delataban el esfuerzo de su cerebro. Mas el viejo Eloy no se tomaba el trabajo de aclarar los puntos oscuros. Tampoco la dijo nunca que Lucita, su esposa, falleció de una menopausia repentina y muy tardía, a los 62 años. Entonces se había jactado de ello con Isaías: "Era muy vital. A sus años no lo ha podido resistir. Ni el corazón ni las venas estaban preparados para ello". A la chica la decía:

—Lo importante, hija, es fundar una familia.

Los minúsculos ojos pardos de la Desi se inundaban de luz:

—¿Verdad usted que sí? Bueno, pues la Marce que antes se queda soltera que casarse en un pueblo, ya ve.

—¿La Marce?

—Mi amiga, la del tercero.

—Ah, bueno.

Junto a la chica, el viejo Eloy se sentía apaciguado y en calma. La espera no le impacientaba ni le ganaba el deseo de sacarle a la vida un rendimiento. Ahora, cada mañana le leía a la muchacha el anuncio de venta de la Contax. Le parecía que el periódico con aquel anuncio insignificante, compuesto en redondas del seis, contenía un mensaje personal, y que la ciudad entera había de captarlo.

—Atiende, hija — decía —: "Vendo Contax, objetivo tres cinco. Como nueva. Material antes de la guerra. Razón esta administración". Hoy viene el primero.

O si acaso:

—En la parte alta se ve mejor, ¿no crees, hija?

Había vuelto varias mañanas por la óptica de Pacheco, pero Pacheco vivía muy atareado. Le decía todo el tiempo: "Discúlpeme, don Eloy". Él respondía: "Sí, hijo". Y, en tanto regresaba, se entretenía observando las lentes y los anteojos y los prismáticos de las vitrinas o miraba los vistosos anuncios: "Lentillas corneanas: únicas, sencillas, expresivas, limpias, adaptables, selectas. Amplia información; pruebas sin compromiso". "El nuevo Zeiss con exposímetro incorporado." "Brújulas, esteróscopos, podómetros y termógrafos."

A veces, Pacheco demoraba el retorno más de una hora y, en tal caso, el viejo Eloy se acomodaba en la dorada silla de arpa, se recostaba en la columna de espejos y se quedaba dormido. En la óptica de Pacheco había buena temperatura. Un día, el viejo Eloy resbaló y cayó al suelo con silla y todo. Se armó un pequeño revuelo pero cuando Pacheco inquirió de él si se había hecho daño, el viejo observó en los impolutos cristales de sus gafas que estaba harto de él. Anteriormente, el viejo le instó a reavivar la actividad de la sociedad fotográfica, e incluso se le ofreció para ocuparse personalmente de pormenores de organización, pero Pacheco observó: "No hay tiempo. Hoy día nadie tiene tiempo para malgastarlo en frivolidades". En los ojos del viejo Eloy se pintó el desamparo y entonces Pacheco añadió "Excepto usted, claro". El viejo Eloy le dijo: "¿Sabe, Pacheco? A mí me ha salido la hoja roja en el librillo de papel de fumar. Es un aviso".

Después de su aparatosa caída, Pacheco recibía al viejo Eloy en la trastienda y le abandonaba allí, junto a la caldera, hasta la hora de cerrar. El viejo solía decirle: "Tengo ganas de charlar un día largo y tendido con usted". Mas Pacheco decía: "Otro día, don Eloy, hoy ando muy ocupado". De esta forma el viejo fue demorando sus visitas a la óptica y terminó por no volver. La última vez le había preguntado a Pacheco qué podía pedir por su "Contax" y Pacheco dijo: "Esas cámaras no tienen precio. Sencillamente vale lo que le den a usted por ella".

A la Desi, cuando decidió no volver donde Pacheco, la dijo el viejo:

—¿A dónde irán tan de prisa, pienso yo?

—¿Quién va de prisa, señorito?

—Todos, hija; parece como que tuvieran miedo de no llegar.

Se quedó inmóvil, los brazos cruzados sobre el estómago, concentrado en sí mismo. La Desi observó la gotita que empezaba a formársele en la punta de la nariz y dijo con un expresivo gesto: "Señorito, el pañuelo". Él se limpió. Al concluir volvió a quedar silencioso, los brazos sobre el estómago. Cada vez que el viejo se ponía así, la chica recordaba al Apolinar, el primo del Eutropio, su cuñado, que se chaló porque el campo le asfixiaba y en la ciudad no le salía ninguna proporción. Pero la Desi, esta temporada, no estaba para sutilezas y siempre terminaba por llevar el agua a su molino:

—¿Es cierto, señorito, que una criatura le cambia a una la vida?

El viejo la contaba de Leoncito y de Goyito, el menor, que se fue a los 22 sin guardar antesala. Leoncito le llevaba seis años a su hermano y cuando éste nació le quiso ahogar con un gancho de abotonar los zapatos. Leoncito era el primero de la clase y el viejo solía decirles a su esposa y a sus amigos: "Este chico será más que yo". Ahora, al llegar a este extremo, hacía una pausa deliberada y le decía a la chica:

—Y ya ves, hija, notario en Madrid a los cuarenta y dos años.

La Desi hacía sonar su dedo índice contra los otros tres:

—¡Jolín! —decía vagamente admirada, con ánimo de que el viejo prosiguiera.

Y el viejo la contaba que para que Leoncito fuese notario en Madrid a los 42 años, él hubo de renunciar al tabaco y al café y suprimir el postre de por las noches. Añadía:

—El chico era delicado y mi esposa y yo para sobrealimentarle decidimos comprarle un jamón. Y cada vez que su hermano se arrimaba al jamón el otro se ponía loco.

Carraspeaba banalmente y extendía las manos sobre la chapa. Al cabo de una pausa, agregaba:

—Goyito, el menor, era un trasto de cuidado. No había diablura que no se le ocurriera a él.

Con Goyito, el viejo no pudo hacer carrera. En la escuela sacaba el puesto 38 y el viejo le decía: "¿Cuántos sois, hijo". "Cuarenta", respondía la criatura con cierta petulancia. Mas en seguida añadía: "Esta semana hubo dos enfermos". A los doce años, Goyito sustrajo al viejo dos duros del portamonedas. El viejo Eloy se preocupó tanto que mandó llamar a Orestes, su cuñado, que era policía y Orestes regañó al niño solemnemente y le puso unas esposas y un cartelón en la espalda que decía: "Me veo así por ladrón". A la noche encontraron a Goyito en la calle maniatado y con el cartel a la espalda y jactándose de su situación delante de los amigos.

Lucita decía de Goyito que era una criatura imposible y el viejo Eloy sufrió en su día por esta causa, mas ahora en la lejanía de los años, sonreía conmovido al recordarlo. En todo caso, Lucita, su esposa, alumbrase un ladrón o un notario, le obligaba a cubrirle la cara con un velo durante el parto y al concluir le imponía un duro castigo porque decía que él pecaba y no era justo que ella llevase la penitencia, porque a ella el acto matrimonial no la proporcionaba frío ni calor y que, al parecer, era él el único que sacaba

de ello algún provecho. De cualquier modo, Lucita
rara vez se encontraba visible porque si no era su
salud, eran sus trapos o sus zapatos y si él decía en la
calle: "Hombre, Pombo", ella le azuzaba: "No te de-
tengas, Eloy, no vengo calzada". Y si las cosas se tor-
cían y él se veía obligado a detenerse, ella al llegar a
casa le imponía un correctivo. Al final resultó que Lucita, pese a lo adormecido de sus instintos, fue mujer
hasta los 62 y si murió a esa edad fue sencillamente
porque su corazón y sus venas carecían de la suficiente
elasticidad para soportar la menopausia.

Decía la Desi:

—¡Qué perro debía ser el Goyito!

El viejo se pasaba el pañuelo por la punta de la
nariz. La chica se golpeaba el oído:

—Deja eso, hija, vas a armarte una cantera.

—No hace más que cantar; no hago vida de él.

—Déjalo que cante.

—Qué fácil se dice.

El viejo cruzó los brazos sobre el estómago. Dijo
tras una pausa:

—De todos modos mis hijos tuvieron más suerte
que yo: bueno o malo tuvieron un padre. Cuando yo
nací el mío estaba de cuerpo presente; lo que se dice
ni conocerle.

La chica le miró llena de asombro:

—¡Será capaz!

—Como te lo digo, hija, me sucedió lo mismo que
al rey. Cuando el rey nació tuvieron que envolverle
en pañales negros. Lo que es la vida. Un hombre que
tenía todo, en cambio no tenía padre.

La muchacha se irritó.

—No empiece — dijo.

Él levantó sus pupilas gastadas, casi incapaces de reflejar su extrañeza. Dijo con un tono levemente contrariado:

—¿A qué ton no empiece? Yo no miento, hija. Lo que te digo es tan cierto como la luz del día.

XVI

Al octavo día de poner la fecha, la Desi concluyó la carta a su hermana la Silvina. Era la primera carta que redactaba en la vida y como aún desconocía todas las zarandajas del alfabeto y la gramática determinó escribirla en caracteres tipográficos que eran los que dominaba. Ahora, al releerla, experimentaba unos opresivos ahogos, no sabía si por la emoción de ver transcritos por vez primera sus sentimientos o por ser corta de respiración como decía la Caya, su madrastra.

La carta decía:

Setimada remana cuato letar para decite quenos encontramos vien gracia adio. Remana recibi lo churicos ylo boyo. Remana me comparo una rebeca ies mui bonita i via Picaza ime digero quel Carapalna iba Marueco. Remana iase escirbi quel seyorito menseya. Remana estoi ma gorda peso 53. Remana cuado mescriba mede la seña dela Afonsina en Madir. Remana disias matao cuato a pesao. Remana disi yueve porai siace frio. Remana de rrecuerdo alo becino iden rrecuerdo ala tia Caya iquelo pasao pasao. Remana sedes pide tu remana quelo es.

Desi Sajose

Remana rrecibi lo choricos ilo boyo ime puse
mui coteta. Remana memade la seña dela Afonsina en
Madir. Remana sedes pide.

                                        Desi Sajose

Volvió a leerla y sintió un turbador estremecimiento. La parecía mentira haber sido capaz de llenar por
sí sola aquella cuartilla y que aquella cuartilla sin más
que encerrarla en un sobre y pegar en éste un sello
de 0,80 llevase a su hermana sus pensamientos sin
necesidad de intermediarios. Pensó que aquello era
un prodigio y que la Marce podía irse al infierno, que
ella para manejarse por el mundo no necesitaba de
andaderas.

Diez días atrás había regañado con la Marce y
por vez primera se acaloró y la cantó cuatro verdades.
La Marce abusaba de su posición y bien claro la tenía
dicho que de lo de la Nochebuena con el viejo ni una
palabra, que el Picaza podía tomarse la cosa por donde
quema. Pero a ella la faltó tiempo. Después de todo
si el Picaza se gastaba confianzas con el Argimiro a
ellas ni las iba ni las venía. El Argimiro poseía una
autoridad y si no se decidía a usarla con el Picaza sus
motivos tendría. De otro lado la autoridad no estaba
bien que se emplease para ofender y al Argimiro nadie
le dio pie para decirle aquello al Picaza, que si el
Picaza era bajo, él, el Argimiro, era en cambio más
largo que una peseta de tripas. Pero el Argimiro veía
la paja en el ojo ajeno y no veía la viga en el suyo
y una tarde le dijo al Picaza sin más:

—Chaval, eres pequeño pero bajo.

Y el Picaza se puso como morado y se le engarfia-
ron los dedos de las manos y la Desi temió por un

instante que le cambiara la veta, pero el Picaza, a Dios gracias, se conformó con decir:

—D... dejarse de bromas; pequeño y todo si hay que partirse el alma me la parto con cualquiera.

Por la noche, la Desi subió donde la Marce dispuesta a hablarle claro, pero la mirada roma de su amiga, su sentido de la anticipación la dejaron anonadada. Le dijo la Marce con vehemencia:

—El Picaza ese, maja, no hace más que comprometer. No va una tranquila con él, es verdad. No hace más que comprometer, maja; va una volada.

La Desi se desinfló y como siempre que se sentía indefensa y sin recursos le nació una raya horizontal en el angosto espacio que separaba el pelo de las cejas. Sin embargo, acertó a decir:

—No digo que no tengas razón, Marce, guapa, pero el Argimiro no debió decirle lo que le dijo. Las cosas como son.

La Marce se aproximó a ella airada. A medida que se excitaba parecía que toda ella se iba cociendo:

—Mira, maja, entérate de una vez. El Argimiro es un jefe y bastante hace con no tener al Picaza firme como un pasmarote todo lo que dura el paseo. Es verdad, que la pones a una negra con tus pamplinas. El Picaza no hace más que comprometer y un día si no se anda con ojo se va a encontrar con lo que no busca. Porque lo que yo digo, maja, si no sabe aguantar una broma, ¿con qué derecho las gasta?

La Desi, la muchacha, humilló los ojos. La otra se ensañó en su victoria. La golpeó en un brazo y repitió:

—¿Eh, maja? ¿Con qué derecho las gasta?

Afortunadamente el Picaza era incapaz de rencor y al domingo siguiente hicieron cuarteto como si tal cosa. Sin embargo, al ir para casa, la Marce, sin venir a qué, le dijo al Picaza si le había contado la Desi la juerga que se trajo con el viejo la noche de Nochebuena, que tuvieron que subir los vecinos y todo porque de otro modo echan la casa abajo. La Desi, la muchacha, encajó tan hondo el impacto que se quedó sin habla durante unos instantes, la cabeza llena de sangre y los labios trémulos. Al fin, balbució:

—No la hagas caso, Picaza; está de broma.

Al Picaza se le apretó la boca hasta formar una línea y la Desi oyó cómo chascaba la boquilla lo mismo que un cacahuete. La agarró una temblequera que se acentuó cuando el Picaza dijo sin mirarla: "C... con Dios" y dio media vuelta y se largó. Y el Argimiro le voceó: "¡Aguarda!" y se largó con él y entonces la Desi, roja como una amapola, le voceó a la Marce en el portal que esas no eran formas de comportarse y que qué ganaba con ello, pero la Marce la miraba plácidamente con sus ojos acuosos y la dijo: "Vamos, maja, pues no te tomas tú poco a pechos las cosas; si le dije eso fue por tu bien". La Desi, aunque un poco desarmada, insistió que eso no era de amigas y entonces la Marce dijo que si no se la pegaba él en el pueblo con la Matilde y que bueno era darles a los hombres unos pocos de celos. Pero la Desi, que se iba apagando a medida que subían los crujientes y desgastados peldaños, la dijo que el Picaza no era de esos que necesiten de celos, mas la Marce adujo que todos los hombres necesitan de celos porque todos los hombres son iguales y la Desi, a quien las lágrimas la iban ablandando los ojos, le dijo que y si no volvía, ¿qué?

Mas a la tarde siguiente subió el Picaza:

—¿E... es cierto lo que cuenta la Marce? — le dijo. Ella se sofocó:

—Según y cómo — dijo a punto de llorar.

Mas, de improviso, todo se resolvió:

—¿S... sabes que te digo?

—¿Qué?

—Q... que la Marce esa es una cuentera.

Fue hacia ella con la mirada turbia, ahuecados los ahujeros de la nariz y, de improviso, todo se complicó:

—¡Suelta Picaza, me haces daño!

—L... los demás no te hacen daño, ¿verdad?

Se le agolparon a la chica las lágrimas en los ojos:

—No hay demás, para que te enteres, Picaza.

—¿Y... y el viejo?

La Desi rompió a llorar:

—¡Si vas a dar oídos a todos los cuentos marcha y no vuelvas!

Sollozaba acongojadamente y el Picaza la soltó entonces y se quedó en pie, los pulgares en el cinturón, a los lados de la hebilla, mirando cómo la chica se sentaba en el taburete. La Desi pensó que al Picaza le dominaba la veta mala y voceó de nuevo, entre sollozos:

—Marcha y no vuelvas; ¿no me has oído?

La chica pasó tres malos días, suplicando a la Virgen de la Guía, cuya efigie a duras penas descifraba a través de las lágrimas, que el Picaza volviera. Fue en ese tiempo, asimismo, cuando decidió independizar su correspondencia de la tutela de la Marce. Su congoja era tan grande que hasta su señorito se dio cuenta: "¿Te ocurre algo, hija?", le dijo una mañana. Ella respondió esquinadamente: "¿A mí? ¡A qué ton!". Pero el jueves por la tarde, el Picaza la aguardaba abajo

en la calle como si no hubiera pasado nada. Cuando
le sorprendió mirando los relojes de "Emeterio", con
el palillo entre los dientes, la chica creyó que se des-
mayaba. Había pensado no salir, pero se puso la rebeca heliotropo y se perfumó el escote con esencia de
rosas y bajó. Al ver al Picaza fingió sorpresa:

—Ah, ¿eres tú?

—¿Q... quién si no?

—Nadie.

A fin de cuentas pasaron una hermosa tarde, mas-
cando pipas y paseando, enganchados de un dedo, por
el andén central del parque. El Picaza no habló del
viejo ni ella aludió para nada a la pasada discusión.
A los dos días, el muchacho la preguntó que si era su
señorito el que subía cuando él bajaba la víspera y la
Desi asintió:

—¿Y... y por qué sube así las escaleras? Parece un
perro.

—Ya ves, manías.

—N... no sé porqué se me da a mí que el señorito
ese tuyo debe andar un poco de la azotea.

La chica se exasperó:

—A qué ton; bien bueno que es, mira tú.

El Picaza llevaba en la mano un saquillo blanco y
la Desi le preguntó qué era aquello y él dijo que la
ropa para lavar y que Demetrio el de Villacabrales, le
había dado las señas de una lavandera.

La muchacha le arrebató la bolsa:

—Faltaría más, estando una aquí — le miraba en-
trañablemente conmovida —. Pasado mañana tienes
lista la ropa, Picaza, ya lo sabes.

El domingo salieron juntos. Hacía un día invernal,
pero quedo y transparente y pasearon por el parque

durante largo rato. Por vez primera, él la confesó que el primohermano de don Ulpiano, su comandante, le daría un camión el día que le licenciasen y entre esto y algún apaño en cualquier parte tendría la vida resuelta. La chica imaginó que iba a hablarle del porvenir pero el muchacho sólo dijo que para entonces podría mercarse un reloj chapado en oro, de los que exhibía "Emeterio" en el escaparate. Más tarde, al anochecer, se pusieron de broma y la Desi le dijo al Picaza que andaba como un recluta y él la preguntó que en qué distinguía los andares de un recluta de los de un señorito y ella respondió que los reclutas andaban dos veces el camino, como los perros, y que además arrastraban las suelas de los zapatos.

—A... a ver —dijo él—; me están grandes las botas.

Todo marchó bien hasta el martes siguiente en que el Picaza, cuando la muchacha le mostraba la casa, sin ningún ademán que delatara sus miras, la derribó sobre la amplia cama del viejo y se lanzó sobre ella, los ojos brillantes, como de fiebre, y estremecidas las aletillas de la nariz. Fue todo tan inesperado, que la Desi le vio venir encima como una alimaña, lleno de torpeza y voracidad, y sintió sobre su carne la asechanza viril y entonces pataleó con todas sus fuerzas, le arañó y le mordió la cara y le insultó a voces. No era el Picaza en ese instante y a la chica no le fue difícil reprimir el ataque porque experimentaba unas oscuras náuseas al sentir en su rostro el furioso y ahogado jadeo del muchacho. Rodaron sobre el lecho, y, finalmente, el Picaza se incorporó derrotado. Ella se alisaba las faldas sin osar levantar la cabeza. La chica juraría que en los momentos más abruptos de la lucha había visto los sesos del Picaza por los ahujeros de la nariz, talmente como decía la Culohueco, el ama del señor cura. Notaba dentro de sí un sentimiento nuevo, mezcla de orgullo, repulsión y perplejidad. Al levantar los ojos, observó que el Picaza sangraba por la frente y la mejilla. La apremiaban unos inmoderados deseos de llorar; de estar llorando toda una vida, hasta vaciarse. Se oyó decir al fin, roncamente, tal como si la voz brotase de las paredes:

—Si vienes con esas intenciones, marcha y no vuelvas, Picaza.

Él se restañaba la sangre con la bocamanga del tabardo. Dijo:

—N... no te has hecho tú poco señorita.

—Yo soy una chica honrada, para que lo sepas.

—C... con quien te parece, ¿no?

Ella se arrancó a llorar:

—Si te has creído que todas vamos a ser como la Matilde estás listo. Yo no soy de ésas.

El Picaza recogió el gorro del suelo. Se mostraba indeciso. Dijo cruelmente, entornando los ojos:

—Y... y él sí, aunque sea viejo porque es señorito, ¿no es eso?

Ella fue hasta él ciega de rabia y le llevó a empellones pasillo adelante. El Picaza no cesaba de injuriarla volviendo un poco la cara:

—D... de que os venís a la ciudad todas iguales, eso. De que llegáis a la ciudad, todas unos pingos, ya se sabe. Y los pobres a esperar que los ricos se cansen, ya ves tú...

Ella le abrió la puerta. Tenía las facciones descompuestas. Aún le voceó cuando él descendía las escaleras:

—¡Yo puedo volver al pueblo con la cabeza bien alta, entérate! ¡Entérate, Picaza! ¡¡Entérate…!!

Cerró la puerta de golpe y se sintió ahogada por las lágrimas. Estuvo llorando sobre su mísero catre hasta la noche. El viejo la había llamado para la lección y ella le respondió que se encontraba enferma. Más tarde dio la luz y le dijo a la Virgen de la Guía que, a pesar de todo, deseaba que el Picaza volviera porque lo de la tarde fue un pronto y todo lo olvidaría en cuanto que le cambiara la veta. Después se acurrucó en el lecho sin desvestirse y empezó a decir: "Con Dios me acuesto, con Dios me levanto, con la Virgen de la Guía y el Espíritu Santo", muy devotamente.

Contaba con los dedos las veces que lo reptía y al llegar a la 637, sin saber cómo, ni porqué, se quedó profundamente dormida.

XVII

En la segunda quincena de febrero el viejo Eloy empezó a notar frecuencia en las micciones y un pasajero escozor y se dijo: "La próstata". Al llegar a cierta edad, ya se sabía: "La próstata o la vida", o sea que él todavía andaba de suerte. A Isaías le dijo: "Me escuece al orinar", pero Isaías le replicó: "Tanto tú como yo tenemos cuerda para los ciento, no te preocupes". Y sonreía al sol y a la vida con sus tres dientes de oro y le decía agitando en el aire su bastón: "Andando poquito a poco". Mas el viejo Eloy caminaba con aprensión, despatarrado, temeroso de exacerbar su padecimiento incipiente. En otra circunstancia hubiera acudido al médico, mas ahora pensaba que sus recursos no daban para esos lujos. Acababa de vender la Contax en ochenta duros y con ellos había tapado algunos ahujeros; no era cosa de empezar otra vez.

Ensimismado en su preocupación, el viejo Eloy apenas advirtió la depresión de la chica. Las mañanas transcurrían en silencio, cada cual en su mundo, sin otra actividad que el afanoso trajinar de la Desi en el fogón. La muchacha seguía implorando a la Virgen de la Guía el retorno del Picaza, pero cuando se juntaba con la Marce, su desesperanza acrecía. Le dijo ésta una noche: "Hoy le vi en la calle Principal, maja.

Iba con Demetrio, el de Villacabrales y dos chicas. Una de ellas era la Yaya, ¿no sabes? Esa pequeñita que la regalaron un reloj-pulsera por dormir una semana con el niño". La miraba fijamente la Marce con sus ojos insípidos. "No caigo", dijo la Desi. Añadió la Marce: "Sí, mujer, la de las pecas, esa pequeñita que no para en ninguna casa, gallega ella, que dice que tiene la abuela de guardabarrera en Villacarriedo". "No caigo", insistió la Desi, aunque tampoco hacía por caer. La era indiferente que fuese una u otra. Se la formó una bola en el tubo de respirar y preguntó penosamente, como sin darle importancia: "Oye, Marce, ¿iban las chicas juntas o apareados?". "Apareados", respondió la Marce sin vacilar, y ella hubo de marcharse rápidamente para llorar a gusto, a solas en su alcoba.

Una mañana, el viejo Eloy pareció salir de su abismo y le preguntó a la chica:

—¿Te pasa algo, hija?

Ella respondió cortada:

—¿A mí? ¡A qué ton!

Insistió el viejo:

—Se me hace como que tuvieras los ojos hinchados, hija.

Ella intentó sonreír y apenas consiguió una mueca ambigua:

—Será de sueño, porque otra cosa… —dijo.

Por las tardes, Isaías no le escuchaba y, en cambio, pretendía que él se hiciera cargo de sus trastornos. Últimamente Isaías se quejaba de mareos y el viejo Eloy inquirió si marchaba bien del vientre y su amigo Isaías confesó que regular y entonces el viejo Eloy le recomendó que bajase por las mañanas al parque, porque la naturaleza era el mejor regulador. A todo esto Isaías le hizo ver que eso no, que eso, como todo, iba en temperamentos y que Aguado, sin ir más lejos, se ponía al corriente revisando legajos viejos y que él decía que era el polvillo, pero que eso nunca podría saberse.

A la tarde siguiente, Isaías no acudió a los soportales como de costumbre, junto a la papelería de Afrodisio Niño y el viejo Eloy, tras esperarle en vano durante media hora, se encaminó a su casa. Encontró a su hermana Aúrea, la menor, llorando apagadamente en el vestíbulo. Todo se la volvía decir:

—¡Ay, Eloy, qué desgracia tan grande!

Y mordía un breve pañuelo ribeteado de encaje. No acertaba a explicarse; pero salió Lupe, la mayor, la que estuvo en tiempos por Poldo Pombo, según decían en el Círculo, y le dijo que a Isaías le había dado una congestión y estaba muy grave.

El viejo Eloy encontró a su amigo hecho un ovillito, el rostro exangüe, la boca quebrada en una torva sonrisa. De puntillas se aproximó a él y se sentó en la descalzadora, junto a la almohada, y le dijo por tres veces al oído, levantando la voz de una a otra:

—Isaías, soy yo, Eloy, ¿me oyes?

Isaías roncaba de una manera acompasada y remota. Lupe le veía hacer, erguida a los pies de la cama, altísima y seca, con los brazos cruzados sobre el pecho. El viejo Eloy se pasó el pañuelo por la punta de la nariz y repitió la llamada otras tres veces:

—¡Isa, Isa! ¿No me oyes? ¡Soy yo, Eloy!

Se sentía tan impotente como si le llamase desde otro planeta y, al propio tiempo, tan abandonado como un niño que viera a su madre extraviarse en la espesura del bosque. De repente, Isaías levantó el brazo derecho y se santiguó en un brusco garabato. Dijo el viejo Eloy mirando a Lupe, estupefacto:

—Se ha persignado.

—Sí — dijo Lupe, fríamente —. Es lo único que hace.

Entonces el viejo la preguntó qué había dicho el médico y ella respondió que de vivir quedaría tullido, paralítico, o tonto, o mudo y que para tanto como eso mejor sería que Dios se lo llevase, pero el viejo Eloy dijo que eso no, que lo importante era conservar a Isaías con ellos y que él mismo le sacaría en un carrito a tomar el sol si no podía valerse o le daría conversación si quedaba mudo, pero que si se iba ya nada tendría remedio. Luego se quedó aguardando la respuesta de Lupe, anhelante, como si de ella dependiera la vida de su amigo, mas Lupe nada dijo. El viejo Eloy se sentó en la descalzadora y permaneció allí hasta que la oscuridad se hizo en el balcón. Y cada vez que su amigo se santiguaba, el viejo Eloy le miraba insistentemente, tratando de penetrar en el difuso mundo intermedio en que Isaías se movía ahora y se decía: "Él ve algo y, sin embargo, a mí nó me oye". Después le colocó un pañuelo entre la almohada y la mejilla y su amigo cesó de roncar y él le dijo a Lupe que se iba a avisar a la chica y que pasaría allí la noche.

Cuando el viejo se lo propuso a la muchacha, la Desi palideció, pensando en la Adriana, la resinera, y en Moisés, el que se abrasó la cara en el horno de achicoria, y le dijo que se iba con él y que qué le había sucedido al señorito Isaías. El viejo la explicó.

Dijo la chica mientras bajaban las escaleras:

—El cuadrante es la esperanza de los viejos, ya se sabe.

—¿El cuadrante?

Ella sonrió:

—El hoyo, si así lo entiende mejor.

Inmediatamente aclaró que, por su parte, echaría una mano y todo lo que hiciera falta, pero que no se pensase el viejo que ella iba a entrar donde el señorito Isaías pues no podía resistir los muertos ni los enfermos graves una vez que empiezan a oler.

—¿A oler, hija?

—Ande, no se haga de nuevas. El enfermo que va a doblarla huele que tira para atrás.

En el vestíbulo, Lupe le comunicó que el médico había dicho que de subirle la fiebre todo estaba perdido. Olía a medicinas y el viejo miró a hurtadillas a la Desi y la chica afirmó gravemente con la cabeza y él se sentó junto a su amigo hasta que llegó la monja. En realidad, el fenómeno de la muerte no sobrecogía al viejo Eloy, aunque le espeluznasen su rigidez y sus lúgubres atributos. Le sobrecogía, en cambio, esta media muerte de Isaías, ese estar con un pie aquí y con el otro en el otro mundo sin hallarse definitivamente ni en un sitio ni en otro. Y le sobrecogía, en especial, su obstinación en santiguarse como si deseara espantar algo o granjearse el favor de alguien. Desde hacía muchos años, su amigo Isaías se desentendió de toda preocupación religiosa y al viejo Eloy, salvo las misas dominicales, le aconteció otro tanto. La actitud de su amigo, en su media muerte, le producía una viva conmoción interior. Ensayó, de nuevo, llamarle, pero en vano. El viejo Eloy se decía: "Él ve algo y a mí no me oye. Lo que Isaías vea ahora está del otro lado". Una congoja insidiosa le ascendía garganta arriba, y él había de carraspear para no ahogarse. Minutos antes de llegar la monja, le puso el termómetro. Salió de la habitación muy excitado:

—Treinta y siete dos; eso no es fiebre. De la misma cama le pueden subir unas décimas; ¿no le parece, Lupe?

Lupe metía un dedo bajo el gollipín como si quisiera aliviar su respiración. A poco, entre los dos y la Desi, hubieron de reducir a Aúrea que se empeñaba en que había visto esconderse a la muerte y que si miraban con atención aún podrían ver la punta de la guadaña por encima de los cortinones. La dieron un calmante y la acostaron. La Desi, la muchacha, cada vez que Aúrea decía lo de la muerte y la guadaña, la miraba aterrada y decía: "Vamos, señorita, déjese de coplas".

El viejo Eloy pasó la noche entre la sala y la habitación del enfermo. Lupe permaneció con él y en la soledad confidencial que brindaba la madrugada y la mesa-camilla y el común afecto por Isaías el viejo Eloy la confesó que le había salido la hoja roja en el librillo de papel de fumar. Pero Lupe no le comprendía y se lo dijo así y él quiso explicarle que era como un aviso y que la vida, bien mirado, era como una sala de espera, pero ella insistió que no lo entendía y el viejo Eloy, azorado, concluyó que la cosa no tenía mayor importancia y que era un decir. Más tarde hablaron de sus tiempos y el viejo Eloy la dijo que cuando el cuarteto Pombo, Vázquez, Isaías y él, Poldo Pombo se complacía en preguntarse quién de los cuatro sobreviviría a los demás. Fue la suya una torpeza porque Lupe le escrutó profundamente como diciéndole que él era el superviviente pero su mirada era tan implacable que parecía que le acusara de alguna cosa. Para romper la tirantez, el viejo Eloy la contó que Pepín Vázquez, en sus momentos de depresión, migaba coco en el estanque para matar a los peces de colores y ella dijo que ignoraba que el coco tuviera esas propiedades y, sin venir a cuento, dijo que Pombo era un muchacho extraordinariamente abierto y un gran sportman. Al hablar de Pombo, su rostro antipático y enjuto se animaba y hasta esbozó una fugaz sonrisa al recordar el día que Poldo la regaló un lorito de pico blando allá por el año cinco. Luego salieron a relucir la pelea con los cadetes, y la Paquita Ordóñez, y las fiestas de la coronación del rey, y doña Pura Catroux, y el Banco Cooperativo, y cuando sobre el garaje de Ismael Abril empezó a alzarse una claridad lechosa y Lupe dijo, tornando a la realidad, que era la hora de los muertos, el viejo Eloy se levantó y volvió, al cabo de un rato, diciendo que, bien mirado, treinta y siete grados y medio no eran calentura y que medio grado sube de la misma cama. Después el viejo Eloy se marchó a su casa a descabezar un sueño.

Cuando retornó donde su amigo Isaías caía ya la tarde y en el vestíbulo encontró a Aúrea, la menor, aparentemente tranquila y el viejo Eloy la dijo, con el rostro transido de amargura, que la vida era como una sala de espera y que todos andaban en ella, y que, de cuando en cuando, alguien decía: "El siguiente" y de esta manera, poco a poco, el mundo se iba renovando, porque unos entraban y otros salían, pero que más tarde o más temprano a todos les llegaría el turno. Fue una imprudencia la suya porque los ojos de Aúrea, la menor, según hablaba, empezaron a desorbitarse y a ponerse blancos y, al fin, se llevó las manos a las orejas y empezó a chillar y a implorarle que no dijera aquellas horribles cosas y que ella estaba la primera y la tocaba ya, pero no podía esperar con calma que alguien la gritase: "El siguiente" y entonces apareció Lupe, la mayor, e inquirió qué ocurría y el viejo Eloy dijo que la enfermedad de Isaías había trastornado a su hermana y que era preferible que durmiera.

Isaías continuaba inmóvil, respirando por la boca entreabierta fatigosamente y cuando él le llamó poniendo en sus palabras el mayor anhelo, no le hizo caso y, en cambio, se santiguaba a cada rato, y, al concluir, dejaba caer su brazo inerte sobre las ropas. El viejo Eloy pasó la noche en la sala junto a Lupe y él la habló de Leoncito y que desde que era chico él la decía a su esposa: "Este chico ha de ser más que yo" y luego agregaba: "Y ya ve, Lupe, notario en Madrid a los cuarenta y dos años". De madrugada le puso el termómetro a Isaías y salió diciendo que treinta y ocho grados no era una temperatura como para alarmar y que hoy día la penicilina obraba milagros.

A la mañana siguiente se fue a dormir a su casa. Durmió profundamente, y, al despertar, sintió hablar en la cocina y salió enfundado en el batín y la Desi charlaba con un recluta que se puso marcialmente de pie al entrar él y la Desi dijo, muy sofocada, tras unos segundos de confusión:

—Aquí, mi señorito; aquí, una amistad.

Dijo el viejo Eloy:

—Siéntese, siéntese, hijo.

Y cuando el soldado se sentó en el taburete, la Desi exultó:

—Del pueblo, sabe.

Todo había acontecido inesperadamente. Cuando
la chica sintió llamar a la puerta no pensó que pudiera
ser el Picaza. Pero él dijo al abrir ella, como si nada
hubiera sucedido: "¿Q... qué dice la burra más burra
de todas las burras?". Y ella, entonces, le dijo conmovida: "¡Picaza!", y permaneció un momento contem-
plándole. La chica no lograba vencer su aturdimiento.
Dijo finalmente: "Anda, pasa, no te quedes ahí parado
como un pasmarote". Él pasó y la entregó el saquillo
con la ropa sucia.

Al quinto día, el viejo Isaías abrió unos ojos leja-
nos, como atónitos y sin vida. Lupe se lo dijo al viejo
Eloy al llegar éste y el viejo Eloy entonces se sentó en
la descalzadora y anduvo llamándole pacientemente
por su nombre, con ligeras pausas, durante un cuarto
de hora. Pero Isaías no reaccionaba y sólo, de tarde en
tarde, levantaba el brazo para persignarse. A las cinco
de la madrugada falleció.

El viejo Eloy vivió las veinticuatro horas siguientes
como un autómata. Conocía todos los pasos a dar y
los cumplió puntualmente; la funeraria, el Registro, el
periódico y la parroquia. Tenía como una nube dentro de la cabeza y le parecía que estaba viviendo un
sueño tenebroso. Cuando se presentaron los chicos de
Flora Martín con el ataúd ayudó a Lupe a amortajar
a su amigo, y minutos después, condujo a don Rodri-
go Palomino, el médico del Registro, ante el cadáver
para que le mirase la pupila y certificase. Acto seguido, Lupe le dijo que quería que afeitasen a su hermano antes de ponerle un pañuelo para que no se le
demudase el rostro. El viejo Eloy llamó a Mamés, que
les arreglaba a Isaías y a él desde hacía veinte años y
Mamés, al concluir, dijo que eran siete duros. Lupe

armó un altercado con el barbero y el viejo se puso
de parte de ella y le dijo a Mamés que de vivo le
cobraba menos de uno y Mamés dijo entonces que
no fuera a comparar. Le dijo el viejo:

—Pero, hijo, ¿qué tiene un muerto que no tenga
un vivo?

Y Lupe no hacía más que repetir:

—Hace usted de él lo que quiere, si le corta no
protesta, ¿por qué regla de tres va a pagar un muerto
lo que siete vivos?

Pero Mamés, el muchacho, afirmaba que no fueran
a comparar, que el propio don Abilio, el patrón, decía
que muy necesitado había de verse para rasurar a un
cadáver y que si él lo había hecho, aparte las dificul-
tades de la vida, había sido por lo que había sido.
Finalmente, Lupe, la mayor, le abonó seis duros por
el servicio y Mamés se largó escaleras abajo refun-
fuñando. Y Aúrea, la menor, andaba espantada por la
casa, y solamente decía, mordiendo el pañuelo de en-
cajes: "Ay, Dios, ay Dios...". El viejo Eloy, de cuando
en cuando, se iba donde el muerto y le hablaba confidencialmente, en voz muy tenue. Al bajar la noche se
fue a su casa con la Desi. La muchacha le hablaba
gesticulando mucho por el camino, mas como advirtiera la absoluta pasividad del viejo, le dijo:

—Ande, si no es pariente ni nada ¿a qué ton se
pone usted así?

Él la miró un instante con ojos sanguinolentos, es-
maltados de angustia. Pareció que iba a hablar, pero
no dijo nada. Continuó andando como un autómata con
la cabeza baja. Era difícil tratar de hacer compren-
der a la chica que no era el amigo, sino el calor, y que
no era sólo un hombre lo que yacía en el ataúd, sino

Madame Catroux, la francesa, y su colegio de párvulos, y Poldo Pombo y su anacrónico biciclo y las poleas gimnásticas del Dr. Sandon, y su hermana Elena, y la Antonia, y el tío Alejo y sus bracitos de enano; y la Rosina, y el tío Hermene y el Banco Cooperativo; y Pepín Vázquez y la Paquita Ordóñez y la Casa de Baños; y Lucita y Goyito, su hijo menor, y toda una vida. Era muy complicado empezar a explicarle a la muchacha todo aquello de que el hombre precisa un calor por dentro y otro por fuera y que cuando se inventó el fuego todo iba bien, porque los hombres se sentaban en torno y surgía una intimidad que provenía de las mismas llamas, pero desde que vino el progreso y el calor se entubó, la comunidad se había roto porque era un contrasentido servirse de un fuego sin humo. Era todo tan complicado que ni él mismo sabía dónde iría a parar si empezaba a hablar. Por eso prefirió callar y continuar andando y cuando la muchacha, ya en casa, le puso ante las narices el vaso de leche y le dijo que no tomara las cosas tan a pechos que con ello no adelantaba nada, él denegó obstinadamente con la cabeza:

—Deja, hija, no tengo apetito.

XVIII

El viejo Eloy sabía que el hombre es un animal de corta vida por larga que sea la que se le conceda. Ya de chico hizo unos cálculos y conocía el promedio de vida normal de un hombre: 25.000 días, es decir, poco más de medio millón de horas. Ahora, el viejo Eloy calculaba los días de vida de un hombre que muere a los 75 años y llegó a la conclusión de que rondaban los 27.375, que correspondían a 657.000 horas, o sea 39.420.000 minutos, o sea 2.365.200.000 segundos. Pero considerando que el hombre duerme un promedio de ocho horas diarias, que transcurrían en un estado de muerte provisional, venía a resultar que el hombre que muere a los 75 años había vivido tan sólo 18.250 días, o sea 438.000 horas, o sea 26.280.000 minutos, o sea 1.576.800.000 segundos. Mas si descontaba, como era de ley, los días, las horas, los minutos y los segundos que el hombre pasa en la inopia de la primera infancia, la vida consciente de un hombre que vive 75 años se reducía a 15.695 días, o sea 376.680 horas, o sea 22.600.800 minutos, o sea 1.356.048.000 segundos. Ahondando en su caso concreto, el viejo Eloy llegaba a la conclusión de que viviendo hasta los 75 años, le restaban por vivir 1.220 días, que correspondían a 29.280 horas, o sea

1.756.800 minutos, o sea 105.408.000 segundos. Muy poca cosa en el mejor de los casos.

La chica le veía morder la contera del lapicero y anotar cifras parsimoniosamente. Le dijo:

—¿Qué es lo que hace, si puede saberse?

—Cuentas, hija.

—¿Es difícil hacer cuentas, señorito?

—Aun siendo las mismas cifras, unas son más complicadas que otras, hija; ya ves qué cosas.

La Desi fruncía la frente en una solitaria, profunda, arruga horizontal. Esbozaba, luego, una sonrisa cerril:

—Ci... ¿cómo dijo?

—Cifras, Desi.

La muchacha movió la cabeza descorazonada:

—Ande y que tampoco le quedan a una cosas por aprender.

El viejo Eloy no respondió. La chica trató de animarle, en vano. El señorito había pasado dos horas mirando fijamente por la ventana la casa de enfrente. Después, a las doce y media se puso con las cuentas y no sabía dejarlo. De vez en cuando sacaba el pañuelo del bolsillo de su macilento batín y se lo pasaba por la punta de la nariz.

La víspera acudió al entierro del señorito Isaías y la chica estuvo con el Picaza metida en un portal viendo el fúnebre desfile. A la noche le había dicho al viejo:

—Yo me pensé que el señorito Isaías tenía capital, ya ve.

El viejo Eloy la enfocó unos ojos patéticamente huecos:

—¿Por qué creías esas cosas, hija?

Ella descubrió sus dientes amarillentos y desiguales:

—Tenía tres piezas de oro — dijo.

Observó al viejo, pero como éste no respondiera, ella añadió que la caja era pobre y la carroza llevaba tan sólo dos caballos muertos de hambre y una corona, pero el señorito continuó mudo, como si la cosa no fuese con él. Entonces la muchacha le preguntó si le habían quitado los dientes de oro antes de enterrarle porque hoy tres dientes de oro representaban un capital, pero ante la expresión de espanto del viejo determinó callar la boca. Al cabo le preparó el vaso de leche y el señorito dijo:

—Deja, hija, no tengo gana.

Ella entonces le dijo:

—Esfuércese, concho. Sí que va a echar usted pantorrillas, si no.

Mas él no hizo ademán. La Desi se acaloró entonces:

—Vamos, si por un amigo se pone usted así, ¿qué deja para uno de la familia?

El viejo levantó los ojos y la exploró lejanamente. Dijo: "Hija, es su primera noche", y ella advirtió en sus pupilas tal extravío que recordó al Apolinar, el primo del Eutropio, su cuñado y dijo:

—Coma, coma, no se deje; no tengamos mañana algo que lamentar.

El viejo Eloy presidió el entierro de su amigo con Felino Crespo, el de la Gestoría. El viejo Eloy encargó una corona sencilla, con un lazo negro y una breve leyenda en trazos dorados que decía: "De tu amigo Eloy". Luego estuvo dando cabezadas automáticamente a la puerta de la parroquia y en pocos minutos se quedó solo con Felino Crespo, quien le dijo que tenía contratado un taxi y el viejo, sin más, se metió en el coche con él. La carroza negra, con unos ángeles dorados en las esquinas, les precedía dando tumbos y uno de los caballos, al pasar por la Aúdiencia, se desahogó impunemente y dejó sobre el pavimento un collar de cagajones. La tarde tenía un evasivo color ceniciento y después de que el cura del camposanto rezó un responso ininteligible frente a la pequeña capilla, Felino Crespo le dijo al viejo que regresaba, que le aguardaba una visita, y le preguntó si tenía coche donde volver, pero el viejo Eloy le respondió que no se preocupase de su persona y que ya se arreglaría. En el cementerio en silencio se sentía el paso del aire por entre las ramas prietas de los cipreses. Un hombre empujaba el carricoche con el féretro encima y una de las ruedas traseras chirriaba agriamente a cada vuelta. Luego, cuatro hombres tomaron el féretro y le depositaron en lo hondo del hoyo con la misma rutinaria frialdad que un campesino depositaría una semilla en lo hondo del surco.

De pronto el viejo Eloy, se vio solo en el amplio y sobrecogedor recinto, custodiado por fantasmales cipreses y se volvió y sus ojos toparon con una lápida: "¡Cree y espera! Propiedad de Diego Blanco Fanjul". Diego Blanco no renunciaba a la propiedad ni después de muerto. A Diego Blanco le mató en duelo a espada francesa Rodríguez de Llano, porque Diego Blanco no aceptó el fallo del jurado de la Batalla de Flores en 1905, y entonces se dirigió a la tribuna y abofeteó a Rodríguez de Llano en público y le dijo que había votado la carroza de Cesáreo Gaytán porque en ella iba la hija de su querida. Rodríguez de Llano le desafió, pero Diego Blanco decía en el Círculo: "A este cerdo lo ensarto yo". Mas apenas dijo el juez de campo: "Adelante, señores" tras un fulminante "corps" a "corps", Diego Blanco cayó con un pulmón atravesado.

Detrás de la capilla de Blanco se hallaba la tumba de Pepín Vázquez, asfixiada por los yerbajos, y decía: "Aquí yace José M.ª Vázquez Palomero. — 10-4-22. — Descanse en paz". Pero no decía nada del coco, ni de los peces de colores del estanque, ni de que se marchara sin guardar antesala. Tampoco en la tumba de Doro Peña hablaba de su talento, ni de que en 1906 capitanease la comisión de estudiantes de Medicina que exigió del Ministro de Instrucción la derogación del Decreto de 31 de julio, ni de que declarase la huelga del hambre hasta ver logrado su propósito. Ni la tumba de la niña Tomasita Espeso — "Hija, tus papás no te olvidarán nunca" — poco más allá — hablaba de sus terrores nocturnos, ni de que se colgara de una encina el 15 de mayo de 1910, para no presenciar el escalofriante choque de la Tierra con el cometa Halley, que la prensa anunciaba para el 18. Ni la tumba del domador de pulgas — "Jesús mío, misericordia" — Trifón Lasalle González. — 3-3-1921 —, hablaba nada de su habilidad, ni de su monótono pregón: "Si puga no tiga de cago, cago no anda. Pasen, señogues, pasen". Ni de que la gente pasase a empellones para ver a través de las lentes de aumento cómo las pulgas amaestradas arrastraban una minúscula carroza multicolor. Ni la tumba de Heliodoro Rojas — "Recuerdo de tus hijos" — decía que fuese el refundidor de "La Sandovala", la campana de San Benito, cuyo casco de bronce dio en la báscula 72 arrobas de peso neto. Ni decía la de Fernando Marín, 12-2-1933, que se hubiese arruinado por seguir al torero Gallito, ni de que fuese él el primer ciudadano que asistió a una corrida nocturna en Barcelona, el 24 de junio de 1903, en la que estoquearon, con aquél, Machaquete y Morenito de Algeciras. Ni decía la de Generoso González Prat — "Piedad, Señor, piedad" — nada de su agencia de matrimonios: "Señoras y señoritas ricas, decentes y honradas de la corte y muchas de provincias desean legalmente casarse; de 1.000 a 50.000 duros de dote. Dirigirse formalmente y con sello para la contestación al acreditado Generoso Glez. Prat, calle de La Sota, número 8, Madrid". Ni la tumba de don Buenaventura Salgado, párroco de San Ginés — "Te sirvió, Señor, en la Tierra, dale tu descanso eterno" —, decía una palabra de su celo apostólico, ni de su oposición terminante a abrir una gran vía en la ciudad a costa de derruir su parroquia, ni de sus famosas palabras al Excmo. y Rvdo. Sr. Arzobispo que decidieron el pleito en 1900: "Excelencia, no está bien que la Casa de Dios desaparezca para comodidad de los hombres". Ni la tumba de doña Pura Catroux — "Ici repose" — decía nada de sus prendas didácticas, ni de la caja de anises que depositaba como una tentación cada mañana en el pupitre, ni de que en su colegio se hubiera educado el párvulo Eloy Núñez. Ni decía la tumba de Eutiquio Gomero, poco más lejos — "Aquí yace en la paz del Señor" —, que él fuera el inventor de los brillantes de boro, las perlas nakioquímicas y la oralina, nuevo metal, aleación de oro puro con bronce y aluminio, de excelente resultado. Ni decía, en fin, la tumba de D. Nicomedes Fernández Piña, que hubiese sido un alcalde concienzudo y honesto que antes de decidir el asfaltado de la Plaza reuniera doce veces el Pleno en 1903, y dieciséis en 1904 para dilucidar el asunto del alcantarillado.

Cuando sonó la campana del camposanto, el viejo Eloy, levantó la cabeza, y dio dos vueltas sobre sí mismo antes de incorporarse a la realidad. Saltando de tumba en tumba, de recuerdo en recuerdo, le había sorprendido la puesta del sol. Los cipreses negreaban sobre el cielo brumoso por encima de su cabeza. Torpe-. mente se desabotonó el abrigo, extrajo el pañuelo y se limpió el extremo de la nariz. Le temblaban las manos azuladas y después de guardar el pañuelo permaneció unos segundos indeciso. Apenas reconocía si era joven o viejo ni el motivo por el que se encontraba allí. De pronto recordó a Isaías y se volvió hacia el campo de cruces que se perdía en la distancia y balbució vagamente:

—Ahí os dejo a Isa, atendedle; es su primera noche.

En la puerta tropezó con el cura del cementerio. Vestía una sotana raída y tenía unos ojos perpetuamente sorprendidos, y la boca desdentada. A su lado había una carroza fúnebre y le dijo el auriga:

—Vamos, don Abel, se me hace tarde.

El cura miró compasivamente al viejo Eloy:

—¿Tiene dónde volver?

El viejo denegó con la cabeza.

—Suba entonces, hermano — le dijo el cura.

Y el viejo Eloy, sin darse bien cuenta de lo que hacía, se apoyó en el posapié y se encaramó en la carroza. El cura se arremangó la sotana y subió ágilmente tras él. Volvió un poco la cabeza:

—¡Tira, Pastor!

El auriga fustigó los caballos y el viejo Eloy, sentado en la meseta rectangular donde de ordinario reposaban los ataúdes le dijo al cura que era la primera vez que montaba en un coche de éstos y el cura sonrió con las encías y le dijo: "No será la última". Entonces el viejo Eloy le dijo amargamente, señalando con el dedo las tapias del camposanto, que tenía ya más amigos allí que en la ciudad y el cura respondió que era ley de vida y sin venir a qué añadió que nunca, en toda su carrera, desempeñó una profesión más hermosa que la actual. El carro brincaba en los baches y el viejo se asió a una de las negras columnas en espiral y le dijo que él se pensaba que había de ser triste aquel oficio, pero el cura contestó que pasaportar almas para el otro mundo era la misión más excelsa a que podía aspirar un sacerdote. El viejo Eloy le dijo repentinamente si sabía los días que vivía un hombre que muere a los setenta y cinco años, y el cura respondió que no, y el viejo Eloy le dijo que más o menos, sin quitar las horas de sueño, unas veinticinco mil y pico, y el cura agregó entonces que la vida era un soplo, pero que los hombres se llenaban de codicia como si hubieran de ser eternos.

Terminaba el paseo de cipreses y la carroza, con los famélicos caballejos al trote, accedía a los primeros suburbios. Entre las barracas brillaban luces amarillentas y los chiquillos desarrapados jugaban en los desmontes. El cura observó la indecisión del viejo Eloy. Dos veces se volvió hacia él y dos veces tornó a su estática posición inicial. Se limpió la nariz con el pañuelo nerviosamente. Al cabo, tras un movimiento brusco, le preguntó qué podía ver un hombre sin conocimiento, perdido totalmente el uso de los sentidos, y casi sin movilidad, para santiguarse a cada paso, y el cura, después de un carraspeo, respondió que bien podía ser al Señor en su trono aguardándole a juicio y, entonces, el viejo, se encogió sobre el estómago, como si le hubieran golpeado, y le pidió que le confesara.

La Desi, la muchacha, le veía ahora afanarse con el lapicero y le dijo:

—¿Pero se puede saber qué escribe usted?

—Cuentas, hija.

—¡Déjese de cuentas, concho! Se le van a volver los sesos agua.

Él no hacía caso. Calculaba el número de entierros a que había asistido desde su juventud y le resultaban siete mil quinientos, aunque el cálculo no dejara de ser convencional. Tomó de nuevo el lapicero y escribió más números. Al concluir, los revisó y levantó los ojos hacia la muchacha y la dijo con un esbozo de sonrisa:

—¿Sabes, hija, los días que te llevo?

—¿Que me lleva dónde?

—Que te llevo yo a ti, por la edad.

La Desi reflexionó un momento. Dijo, al fin:

—¡Déjese de coplas!

—¿Es que no me entiendes, hija?

La chica divisó sus ojos ausentes, desplazados, y se asustó. El viejo había desistido. No obstante, atacó por otro lado:

—¿Sabes, hija, los días que vive un hombre?

—A saber... eso nunca se sabe.

—Aproximadamente.

La chica se encogió de hombros pero le miró interesada. Añadió él:

—Pon quince mil.

La Desi abrió dos ojos como platos y sacudió los dedos sonoramente:

—¡Jolín!

—¿Te parecen muchos, hija?

—¿Y a usted no? Ya tiene una tiempo de aburrirse. ¡Virgen!

XIX

L A Desi, visto que transcurrían los días sin que al Picaza le cambiara la veta, llegó a pensar que la mili
le había metido definitivamente en cintura. La Marce,
por contra, no las tenía todas consigo:

—Mientras le laves la ropa, todo irá bien, maja
— decía.

A la Desi, la muchacha, no se la alcanzaba donde
quería ir a parar su amiga. El último domingo estuvieron los cuatro bailando en el "Paipai" y la Marce terminó sentándose, reventada, en el tablado de los mú-
sicos y quitándose los zapatos. De regreso la confesó
que tenía los zancajos en carne viva. Al día siguiente,
la Desi preguntó a la Marce por el siniestro patio de
luces cómo seguía de los pies, pero terció la Tasia y
la voceó que ya sabía que el amigo del viejo la había
palmado y que el día que menos se lo pensase su
señorito iría detrás porque, a decir verdad, no estaba
para muchos trotes. La Desi, la muchacha, se encora-
ginó y le gritó pingo y estropeabarrigas y la dijo que
no metiese la nariz donde no la importaba, pero la
Marce, sin que al parecer reparase en la disputa, le
dijo a la Desi que tenía en el pie derecho una mancadura y que el jueves no saldría porque no aguantaba
los zapatos.

De este modo el jueves salió la Desi a solas con
el Picaza. Anduvieron en el "Paipai" hasta el anochecer y el muchacho, que empezó con muchos miramien-
tos poniéndole un pañuelo a la espalda para no sudarle
la rebeca, terminó perdiendo la compostura y arri-
mándose de más. La muchacha le regañaba y recor-
dando las cosas de su señorito y de su señorita, le decía que no apretase tanto que la cortaba el resuello y
que si no aflojaba un poco terminaría por desmayarse.
Al salir, el Picaza la empujaba hacia el Parque y la
Desi le dijo que bueno, pero que a lo oscuro no.

—C... coña, ni que te fuera uno a comer.

—Mira, por si acaso.

Él la pellizcó audazmente:

—No empecemos, Picaza.

—¿N... no somos novios?

—A ver.

—¿N... no nos vamos a casar?

A la chica se la mudó el color:

—Picaza, ¿es eso cierto?

—¿Q... qué te pensabas si no?

La empujaba a lo oscuro y ella no reparaba ya en
sus intenciones:

—¿Y para cuándo, Picaza? — preguntó como en
éxtasis.

—D... de que pase la mili, mira. M... mi comandante me ha prometido un camión para el día que
cumpla.

Se sentaron en un banco en la penumbra. La ex-
ploración obstinada y nerviosa de las manos del muchacho la dejaba sin aliento; la chica carecía de fuerzas para oponerse. Dijo ahogadamente:

—¿Viviremos en la capital, Picaza?

La voz del Picaza sonaba como si se tapase la boca con un pañuelo:

—M... mejor que en el pueblo, ¿no?

—¿Y lo de cantar?

—E... eso se acabó.

—¿Es que no piensas volver a cantar?

—N... no digo eso. Si sale una chapuza se aprovecha y a vivir.

Se hizo un silencio. De los bancos próximos brotaban unos delgados, tenues cuchicheos. La chica dio un respingo:

—Eso sí que no; ¡quita esa mano, Picaza!

—E... está bueno eso, ¿no nos vamos a casar?

—Pues para entonces. Me has roto un botón, para que te enteres.

La Desi, la muchacha, estaba ya en sus trece, encampanada en su dignidad:

—A la hija de mi madre no la llevas tú al altar con berretes, Picaza, eso que te se quite de la cabeza.

Aún porfiaron un rato y, finalmente, el muchacho se puso en pie y dijo enfurruñado:

—C... caminando.

La Desi, la muchacha, después de este forcejeo se pensó que el Picaza no volvería, pero el sábado se presentó con el saquillo de la ropa sucia como si tal cosa. Se hallaba allí el señorito y la Desi pasó un sofoco del demonio porque ni el Picaza ni el viejo se arrancaban a hablar. Pero el Picaza se largó en seguida y en la puerta la dijo que el domingo la aguardaría abajo, a las cuatro, como de costumbre.

La Desi le había contado, toda turbada, a la Marce la proposición de matrimonio del Picaza. A la Marce se la cruzaron imperceptiblemente los ojos: "¿Eso te ha dicho? — dijo —: De los hombres no creas una palabra, maja, te lo digo yo". Mas la Desi aclaró que se casarían tan pronto él cumpliera y la Marce respondió que eso no lo había visto ella todavía. "No todos los hombres van a ser iguales, Marce, guapa", decía la Desi. Pero la Marce la apuntaba con su fofo dedo, fruncía los labios, entornaba los párpados y decía: "Fíate".

Por lo que respecta al viejo, a la Desi no la sorprendió su silencio con el Picaza. Durante la última semana, desde la muerte del señorito Isaías, el viejo Eloy apenas pronunció palabra. Por las mañanas se sentaba en el taburete, la espalda encorvada, los brazos cruzados sobre el estómago, buscando instintivamente la postura del feto. Allí, inmóvil, dejaba transcurrir las horas contemplando la casa de enfrente. Si ella le tiraba de la lengua y le preguntaba por el rey, o por la señorita, o por Goyito, su hijo menor, él apenas respondía con cortados monosílabos. Parecía una estatua y si se movía era para limpiarse la nariz o para hacer cuentas enrevesadas en las márgenes del periódico. En estos casos se animaba un poco y la decía a la chica: "¿Sabes, hija, los minutos que ha vivido el señorito Isaías?". O bien: "¿Sabes, hija, cuánta gente ha desaparecido de la ciudad desde que yo nací?". O bien: "¿Sabes, hija, los segundos que han pasado desde que falleció el pobre Isaías, los segundos que él no ha vivido ya?". La chica no contestaba porque no le comprendía.

Una mañana la dijo el viejo de súbito: "Desi, ¿te confiesas tú, hija?". "Ande, señorito, a ver, por la cuenta que me tiene", respondió la chica. Él agregó, tras una pausa: "Confesado es más fácil esperar". Ella le miró sorprendida: "Esperar, ¿a quién?". Pero aunque la muchacha aguardaba su respuesta con ansiedad evidente él no contestó.

De repente, un día, amaneció su señorito cambiado, alegre y expansivo, como en los buenos tiempos. Le dijo que había decidido marchar a Madrid y que le había puesto cuatro letras al chico. A la Desi, instantáneamente, se la representó la Adriana, la resinera, la que apuñalaron una anochecida a la entrada del monte, y el Moisés, el mozo que se abrasó la cara en el horno de achicoria y cada noche de ánimas cuando las campanas repicaban, recorría las calles del pueblo envuelto en una sábana asustando a las mozas y le preguntó al viejo qué pensaba hacer con ella y el viejo respondió que pagarla y darla de comer como si trabajara, pero la Desi declaró que lo decía por lo de que era corta de respiración y la daba miedo el quedarse sola, mas a renglón seguido, pensó en la Marce y le dijo que, bien mirado, no se preocupase por ella y que ya se apañaría.

El viejo Eloy pasó dos días abstraído en los preparativos, lleno de dudas y vacilaciones: "Ande, señorito, dónde va usted con el cepillo de los zapatos, ¿es que su hijo no va a tener cepillo?", decía la Desi. Y él, contestaba: "Por si acaso, hija. Uno nunca sabe". Otras veces él le daba consejos: "Para ti sola no prendas, hija, dentro de cuatro días ya no hará frío". No podía parar quieto, metía y sacaba objetos de la maleta. De repente se interrumpía: "Si vienen los de la Fotografía me das de baja, hija. Les dices... o mejor no les des explicaciones, me das de baja y se acabó". La chica le seguía a todas partes, como un perrillo faldero: "Está bien, vaya descuidado", decía pacientemente.

El día de la marcha el viejo Eloy se tiró de la cama a las siete y media. La chica se santiguó al verle:

—¡Virgen! ¿Se puede saber dónde va usted tan de mañana?

El viejo andaba nervioso. Hacía diez años, desde la boda de Leoncito, que no tomaba un tren:

—Déjame, hija, tengo muchas cosas en que pensar.

—¿No sale el tren a las cinco?

Él no contestó. Anduvo toda la mañana dando vueltas de un lado a otro. De cuando en cuando llamaba a la chica: "Digo que para ti sola, hija, no hace falta que prendas estos días. No hace frío ya". "Está bien, vaya descuidado". Y al cabo de un rato: "Desi, digo que si vienen los de la Fotografía me das de baja. Les dices que ya sé que todo sube... o mejor, no les des explicaciones, me das de baja y se acabó". "Está bien, vaya descuidado", decía ella.

A las doce se hizo servir la comida y apenas la probó. A cada paso consultaba el reloj.

—Pero, señorito, ¿no sale el tren a las cinco?

—No te pienses que sobre tanto tiempo, hija.

Fue donde la maleta, mas algo recordó de pronto porque a mitad de camino regresó a la cocina:

—Digo, hija, que a lo mejor el chico no me deja regresar. En ese caso, te pondré una tarjeta.

La chica levantó los hombros:

—A decir verdad poco se acordó de usted hasta ahora.

Pero el viejo no la escuchaba. A las tres, dio la orden de partida. La muchacha se vencía de un lado por el peso de la maleta.

—¿Pesa, hija?

—A decir verdad, como un muerto — dijo la chica honradamente, espantándose un mechón de la frente sudorosa con el dorso de la mano.

Ante el rótulo de un establecimiento se detuvo.

Dijo malhumorada:

—¿Qué dice ahí? Daría dos dedos de la mano por leer de corrido, ya ve.

—¡Desi! — dijo el viejo cerrándose la bufanda.

—¿Qué quiere? A mí me saca de las letras gordas del diario y no sé por dónde me ando.

—Dice — dijo el viejo —: "El Palacio de las Camas", y más abajo: "La casa que mejor y más barato vende".

La chica dio un traspiés y depositó la maleta en el suelo. De nuevo se pasó el dorso de la mano por la frente. Le dijo súbitamente al viejo:

—Ahí me mercaré yo el colchón el día que me case, ya lo sabe.

—¿Tienes novio, Desi?

El rostro de la muchacha se congestionó:

—A ver.

—¿El militar ese?

—A ver.

—No parece mal muchacho, hija.

Ella asintió con la cabeza. Observó:

—Lo único, la veta.

—¿La veta?

—Los prontos, ya ve.

El viejo se impacientaba:

—Vamos, hija. Si llegamos a tiempo ya charlaremos en la estación.

El peso de la maleta abultaba las sienes de la mu-

chacha y la piel de su rostro se tornaba levemente
violácea. Al subir los bordillos, sus rodillas cedían y
había de hacer un esfuerzo para conservar el equilibrio.

—Desi — dijo el viejo.

A la chica, agobiada por el peso de la maleta, apenas la crecía la voz del cuerpo:

—Diga.

—Estoy pensando que si van los de la Fotografía
me das de baja. Mejor no darles explicaciones, hija, me
das de baja y se acabó.

La muchacha dejó de golpe la maleta en el suelo.
Se limpió el sudor y sonrió cerrilmente:

—La verdad es que no puedo ni con mi alma.

El viejo se encorvó sobre la maleta:

—Trae que te ayudo.

—¿Usted?

—A ver, hija.

—Deje, a ver si se quiebra.

—Se hace tarde, anda.

Ella levantó la maleta de su lado:

—¿No sale el tren a las cinco?

El viejo vacilaba bajo el peso del mamotreto. Pasaron dos reclutas y los cuatro ojos se fueron tras las
pantorrillas de la Desi.

—Morena, ¿te echo una mano?

La chica alzó sobre la maleta una mirada descom-
puesta por la irritación y el esfuerzo:

—¡A tu madre, cacho asqueroso! — gritó.

Dijo el viejo:

—Desi, hija, modera esa lengua.

—Será capaz; de sobra sabe usted lo que esos van
buscando.

No lograban acompasar sus esfuerzos y el viejo Eloy trompicó y soltó la maleta bruscamente cargando el peso del lado de la muchacha:

—¡Avise, concho! — chilló ella irritada —: A poco más beso el suelo.

El reloj de la estación tenía las cuatro menos veinticinco y el viejo le dijo a la Desi que podía marcharse, pero a la muchacha la distraía ahora contemplar aquella desconocida actividad. Permaneció a su lado en silencio observando atentamente las maniobras de los trenes y los hombres con las gorras de plato y las banderolas rojas y los carritos cargados de bultos. Sin embargo la oprimía el olor de la carbonilla que ella identificaba con los adioses y las separaciones:

Dijo:

—Vamos que ya hace falta coraje para irse tan lejos.

—No es lejos Madrid, hija.

—También más de cinco leguas.

—Eso sí, hija.

—Será capaz, ¿y aún dice que no es lejos?

El viejo estaba nervioso y ella se puso a deletrear el rótulo en blanco y negro: "Ca-ba-lle-ros". De pronto, el señorito se volvió a ella y la dijo, limpiándose la nariz:

—Si el chico no me dejara volver te pondré una tarjeta, hija — sonrió —. A lo mejor Leoncito no me deja volver; según le dé.

—Está bien, vaya descuidado.

Silbó un tren y la muchacha palideció y, al concluir el silbido, se golpeó la oreja. Dijo el viejo:

—Deja el oído, hija.

—Ese baboso me ha dejado sorda — levantó la mano derecha y su rostro expresó dolor —: ¡Jolín!

— dijo —. Tengo el brazo molido; no sé si es mío o del vecino.

El viejo la miró con lejana ternura:

—¿De la maleta, hija?

—A ver.

Vaciló el viejo. Finalmente se desabotonó el gabán y sacó la cartera, y, después de rebuscar entre los papeles, alargó a la muchacha un billete de peseta:

—Toma, hija; te lo has ganado.

—Vamos, deje, sólo faltaría.

Mas el viejo insistió y la muchacha tendió, al fin, una mano rojiza y achaparrada:

—Vaya, pues muchas gracias — dijo ocultando el billete en el seno. Y añadió candorosamente —: Si fuera tan fácil ganar una peseta no habría pobres en el mundo, ¿no es cierto, señorito?

XX

A<small>L</small> verse en Madrid, en las nuevas calles, ante perspectivas no familiares que parecían recién lavadas, el viejo Eloy pensó que aún podía estabilizarse, e incluso, volver a empezar. Particularmente a la hora del desayuno, en el pequeño jardín, bañado por el dulce sol naciente, el viejo pensaba que no era ingrata la espera y aun que el escozor y la frecuencia en las micciones, bien podían constituir un accidente primaveral. La primavera no andaba lejos y Madrid, con su pequeño sol estancado, preservado de los rigores del norte por la muralla de la sierra, parecía que la anticipase. El viejo, entonces, hacía por olvidarse de todo menos de la inmediata proximidad de Leoncito. Aquellas primeras horas del día en las que Suceso les dejaba solos porque padecía alergia al sol mañanero le recordaban tiempos remotos. Sin embargo, al viejo Eloy le había nacido ahora una nueva preocupación: el apagamiento prematuro de Leoncito. Tres mañanas estuvo a punto de contarle los pormenores de su jubilación, con la asistencia del señor Alcalde e incluso, al levantarse, se echó al bolsillo la medalla con intención de mostrársela, pero el chico estaba como ensimismado y no le atendía. Cada vez que el viejo lo intentaba decía Leoncito, cortándole:

—Me levanto como con una nube dentro de la cabeza. Es una sensación rara... De inestabilidad, esa es la palabra... Me parece que en cualquier momento pueda desmayarme. Luego esa cosa que me muerde aquí, en la misma boca del estómago —ponía cara de repugnancia —: No sé.

Desayunaban juntos y el viejo Eloy hacía por distraerle. Ahora se explicaba porqué el chico no salió a esperarle a la estación. Tampoco Suceso lo hizo con el coche pequeño, pero Suceso, su nuera, era una muchacha muy ocupada. No obstante, Leoncito le había besado al llegar, tal vez porque el viejo se arrojó en sus brazos sin ningún miramiento. Suceso, en cambio, apenas le tendió la mano y le llamó Eloy, por su nombre de pila, en lugar de decirle padre. Él siempre soñó, tal vez porque nunca tuvo una hija, con que una muchacha hermosa le dijera padre.

Ahora se inclinaba sobre Leoncito y le decía que Isaías, su viejo amigo, había muerto. Pero Leoncito arrugó la frente y le dijo desorientado:

—¿Isaías? ¿Qué Isaías?

—El de la Gestoría, hijo, le recordarás, un hombre flamante, siempre con su bastón y sus corbatas llamativas. Me habrás visto a menudo con él.

Leoncito se encogió de hombros:

—Bueno, ya tendría años supongo.

—Acababa de cumplir los setenta y dos.

—A esas edades ya se sabe.

Se le arrugaba la cara de pronto. El viejo decía alarmado:

—¿Te ocurre algo, hijo?

—La nuca, me punza la nuca, soy una calamidad.

Después del desayuno, Leoncito leía los periódicos

y, al concluir, trabajaba persimoniosamente durante una hora en el jardín, hasta el primer sudor y, luego, se encerraba en el cuarto de baño hasta la hora de comer.

El viejo Eloy le preguntó una mañana por la notaría:

—No soy hombre de oficina, yo. A veces pienso que uno arrastra toda la vida el esfuerzo de la oposición. La oposición es un degolladero. Un degolladero, esa es la palabra justa.

Para el viejo Eloy empezaban los apuros con el almuerzo. No estaba hecho a aquellas costumbres. Y cuando el muchacho le aproximaba las bandejas, le decía a Suceso: "Si no te importa, hija, sírveme tú". Y Suceso, su nuera, se encogía cada vez que él la decía "hija" como si la escupiera en la cara. Ella le decía al muchacho, "Pepito", y Leoncito afirmaba que la institución del autista-camarero, de origen italiano, era una de las más ventajosas conquistas de la civilización. No obstante, al viejo Eloy, la presencia de aquel hombre le incomodaba y le ponía nervioso. No le gustaba que le observasen cuando forcejeaba con los cubiertos, útiles que nunca llegó a manejar con soltura. Mas Suceso, su nuera, si no hablaba de automóviles con su marido, charlaba con Pepito, el camarero, y hacía guasa de él y se reía porque Pepito decía que nunca en su vida vio un muerto o que le asustaban los hombres mal hablados. El viejo luchaba por aproximarse a Suceso, pero Suceso se movía en otro mundo. Decía:

—Leo, en la recta de Madrid el coche se ahogaba y quise meter la primera pero arañaba de tal modo que desistí y entonces se caló.

Leoncito la aconsejaba que en esos casos hiciera el doble embrague, es decir, con un acelerón por medio, y Suceso le escuchaba atentamente como si la leyera el Evangelio. Otras veces la inquietaba alguna anomalía del automóvil, pero Leoncito todo lo resolvía. El viejo Eloy le observaba con una mezcla de orgullo y humildad:

—Si el carburador escupe — afirmaba Leoncito — ya se sabe, la junta de la culata o las válvulas.

Su nuera prescindía de él y el viejo llegó a recelar que la estorbaba. Una tarde la oyó decir a su hijo: "¿Por qué los viejos no se bañan, Leo? Tu padre tiene ese olorcillo característico de la gente humilde". Pero Leo bostezó y no la hizo ningún caso y el viejo Eloy subió de nuevo a su habitación y volvió a bajar para hacer tiempo y que Suceso no sospechara que la había oído. De ordinario, si se hallaba bajo la mirada de Suceso o de Pepito, el viejo se apocaba, se encogía sobre sí mismo y no osaba pronunciar palabra. Algunos días, en la mesa, Suceso le hablaba a Leoncito en francés y una tarde, después de\mucho hablarle en francés, Leoncito le dijo a su padre que aquella noche esperaban gente y que él debía acostarse temprano pues la reunión seguramente le marearía. Al viejo se le iluminó la mirada:

—¿Una fiesta?

—Bueno, no lo llames así; un "party", cuatro amigos, ¿comprendes?

El viejo Eloy pensó que el "party" al menos serviría para ahuyentar la melancolía de Leoncito y le dijo que se divirtiera mucho y que él se acostaría temprano como deseaban, pero no se acostó sino que se refugió en su habitación y cuando sintió voces y ruido abajo se asomó con cuidado al vano de la escalera para ver sonreír a Leoncito, pero fue a Pepito a quien primero divisó con una bandeja de plata llena de copas y a los hombres vestidos de oscuro y a Suceso, yendo de grupo en grupo, y oyó la música encendiendo el ambiente, y el zumbido de las conversaciones y cuando la música cesó, se oyó la voz de Suceso sobre las demás voces: "Y yo le dije: "¡Mierda!". Y él me dijo, entonces: "¿Sabes que estás como una chota, hermana?". Y Suceso reía y un hombre de aquellos, que parecían todos iguales, la tomó por los hombros desnudos y rió con ella y en el rincón opuesto, junto a la biblioteca, una muchacha que no aparentaba más de veinte años preguntó quién la había pellizcado y añadió que deseaba saberlo porque si por casualidad era su marido le iba a propinar un escarmiento. Mientras, Leoncito, en un rincón, charlaba confidencialmente con otra chica, las miradas confundidas y turbias. Mas Leoncito no sonreía sino que se señalaba alternativamente la nuca y el estómago y entonces el viejo Eloy se encerró en su habitación y se acostó lleno de congoja.

A la mañana siguiente orinó un poco de sangre y a la hora del desayuno le confió su preocupación a Leoncito:

—Tienes suerte —dijo Leoncito —: Yo daría lo que tengo por padecer una enfermedad localizada. Esto de los nervios no lo entiende nadie, nadie.

Se oprimía la frente con la palma de la mano. Dijo el viejo Eloy:

—De todos modos, hijo, a mí me ha salido la hoja roja en el librillo de papel de fumar.

—¿La hoja roja?

—Un aviso, quedan cinco hojas, eso es — dijo resignadamente el viejo.

Leoncito permaneció un momento perplejo. Se diría que contara las crestas lejanas de la sierra. Después dijo con oscura voz:

—Yo digo que estas cosas se ensañan con los hombres que nos hemos hecho a nosotros mismos. El hacerse uno a sí mismo entraña un esfuerzo psíquico disparatado. Al final viene el relajamiento; después el desequilibrio, ¡qué sé yo!

El viejo Eloy pensó en la carrera de Leoncito y en su oposición y en sus pequeños ahorros, pero dijo apuradamente, con una punta de voz:

—Estudiaste demasiado, hijo; no terminabas nunca de estudiar. Yo le decía a tu madre: "Este chico, Lucita, si no se trastorna, acabará siendo un sabio".

Sonrió. Leoncito ni le miraba:

—Luego esa tensión insidiosa: "Sé, pero ¿sé que soy el que más sé? Uno nunca sabe si vendrá otro más preparado y le quitará la plaza".

Apuntó el viejo:

—Precisamente, el señor Alcalde, la noche de mi despedida...

Mas Leoncito proseguía monótonamente, como en un monólogo:

—La duda, ahí está la fuente del mal. La duda le va royendo los nervios a uno. Domino el cuestionario, tengo seguridad, soy brillante en la exposición, en una palabra, sé, pero ¿sé que soy el que más sé?

Esa tarde el viejo Eloy se quedó solo en la casa. Bajó al salón e intentó poner en marcha el tocadiscos pero algo fallaba. De cuando en cuando miraba con recelo hacia la puerta temeroso de que apareciera Pepito. Deseaba oír música y enloquecerse, pero de repente vio a Fausto, el gigantesco gato siamés, sobre la mesa, observándole obstinadamente con sus pupilas amarillas, arqueando el lomo. El viejo fue reculando y entonces el gato saltó sobre el sillón a un metro de él, erizando los pelos del espinazo y maullando suavemente. El viejo, con las manos abiertas y crispadas contra el tabique, avanzó de lado tímidamente hacia la puerta pero Fausto saltaba de mueble en mueble sin cesar de mirarle, cortándole la retirada. El viejo Eloy pretendió volver a la biblioteca, mas sus movimientos eran cada vez menos serenos y conscientes. El corazón le golpeaba las costillas y un miedo serpenteante se le enroscaba en la garganta. El acoso de Fausto era cada vez más estrecho y obstinado y entonces chilló, voceó "Pepito" muchas veces hasta que el criado apareció y entonces no pudo hablar, se limitó a señalar jadeante al gato en acecho, pero Pepito se echó a reír, recogió al animal y dijo que el pobrecito estaba en celo y sólo deseaba que le acariciasen.

Esa noche, cuando antes de la comida Leoncito le ofreció un whisky, el viejo Eloy aceptó y luego pidió otro, y, por último, bebió tres copas seguidas de jerez. A poco se sintió locuaz y dijo que le había salido la hoja roja del librillo de papel de fumar y Suceso inquirió qué era eso y él dijo: "Quedan cinco hojas" e inmediatamente, relacionó lo rojo y lo blanco con la sangre en la orina y afirmó que era un aviso y le recordó a Leoncito cuando Lucita, su madre, y él le compraron un jamón para que no se debilitase y cada vez que Goyito, el menor, se acercaba al jamón, él se ponía loco. Y Leoncito dijo a Suceso: "Son tonterías, no sabe lo que dice, no le hagas caso". Mas él empezó a contarle a Suceso los pormenores de su vida de entonces y su hijo decía: "Es mejor no recordarlo, padre; resulta demasiado sórdido", pero, por primera vez, el viejo veía reír a Suceso con sus palabras y ella inquiría más y más detalles y Leoncito la decía: "Está mareado, ha bebido un par de whiskys y no tiene costumbre. No dice más que tonterías; está mareado". Y el viejo sentía que le subía de las entrañas una euforia insolente y le dijo a Suceso que su amigo Isaías acababa de morir y no le quedaba ya ni el recurso de la Corporación — donde le habían jubilado — porque Carrasco, un compañero, andaba todo el tiempo haciéndole muecas recordándole que él ingresó allí por el dedo y no tenía motivo alguno para sentirse orgulloso. Suceso se reía a carcajadas y Leoncito decía que debían acostarlo, pero ella afirmó que nunca le vio tan divertido y que le dejase un ratito más y el viejo Eloy hizo una pausa y la preguntó si sabía los días que vivía un hombre que muere a los 75 años y ella respondió que por supuesto no, y él dijo que 15.695, y si las horas, y ella respondió que no, y él dijo que 376.680, y si los minutos, y ella respondió que no, y él dijo que 22.600.800, y si los segundos, y ella, muerta de risa, respondió que, por supuesto, tampoco, y él dijo, casi sin aliento, que 1.356.048.000.

El viejo Eloy jadeaba y Suceso le dijo a Leoncito que darle otra copa, que en su vida se había reído tanto y, mientras se la servía, entró Pepito y ella le dijo que atendiese y vería cosa graciosa, y, entonces, el viejo Eloy dijo que la vida era una sala de espera y que todos andamos aguardando, intentando distraernos y no atendemos cada vez que dicen: "¡el siguiente!", porque nos asusta pensar que un día el siguiente seremos nosotros, pero Pepito empezó a temblar y dijo que no le agradaba jugar con esas cosas y, Suceso, tendida en el diván, se retorcía de risa en violentos espasmos. De pronto, el rostro del viejo Eloy se llenó de sudor, se tornó lívido y, sin apenas contracción, vomitó copiosamente sobre la alfombra. A continuación se quedó como muerto, recostado en el sillón y mostrando los dientes y Leoncito se incorporó, le tomó por los sobacos y les dijo a Suceso y a Pepito que le ayudaran.

En la escalera le volvió el conocimiento al viejo Eloy y dijo que el cura del camposanto decía que los hombres se llenan de codicia como si hubieran de ser eternos. Sin embargo, Suceso ya no reía y él pensó que estaba importunando y cuando en la habitación le despojaron de la americana, recordó bruscamente que no se había quitado los pantalones del pijama para no enfriarse y dijo: "Mañana me bañaré, oye, Pepito". Ahora querían sacarle los pantalones y Suceso fruncía la nariz y él dio un respingo y dijo que no, que se encontraba bien y que le dejasen y que si le habían tomado por un niño y ellos, al ver su terquedad, desistieron y el viejo se sacó los zapatos pisándose los contrafuertes y, tambaleándose, se metió en la cama. Oía los latidos de su corazón en las sienes y los sobacos y todo le daba vueltas y más vueltas y para estabilizarse entornó los párpados y Suceso, su nuera, mató la luz del centro y dejó sólo la de la cabecera y entonces el viejo le pidió a Leoncito que le besase la frente, casi sin rozarle con los labios, como cuando niño, y Leoncito le besó y el viejo Eloy entre-

abrió los ojos y miró turbiamente a Suceso y la dijo
con puerilidad obstinada:

—Ahora tú, ahora tú, hija.

Y ella se inclinó con la naricita arrugada pero le
besó en la frente y, a poco, el viejo se quedó plácidamente dormido.

XXI

—¡M... mierda!— dijo el Picaza con vehemencia.
—Anda —respondió la Desi—, si tú dices en el pueblo, pues en el pueblo, Picaza, mira; yo no soy como la Marce, que antes se queda soltera que casarse en un pueblo, ya ves tú. Yo no soy de ésás.

Escupían automáticamente las mondas de las pipas sobre las espaldas de los paseantes y la Desi, al sentir el relente, se cruzó las puntas de la rebeca heliotropo sobre el estómago.

Dijo el Picaza, tras un silencio:

—L... la Marce ésa está como una chota.

—Eso no, Picaza, cada uno es cada uno y ella tiene sus manías como cualquiera. A mí me das una boda bien en el pueblo y no puedo ni compararla con las de la capital. Y lo que yo digo, la cocina del tío Boti, lo que es si el tío Boti quiere, ni comparar con la de un hotel de postín, Picaza, ya ves.

La chica para vigorizar sus afirmaciones, las acompañaba de un manoteo exagerado. Hizo una pausa y añadió:

—Si algo siento es lo de la gallina, mira; lo demás me tiene sin cuidado.

El muchacho se detuvo, las piernas arqueadas, la

visera sombreándole los ojos, los pulgares ocultos en el negro cinturón, junto a la hebilla.

—¿Qué gallina? — inquirió.

Dijo la Desi:

—Mi madre, que gloria haya, nos prometió una gallina a cada hija el día que nos casáramos. Y parece que no, Picaza, pero mira, una gallina es el avío de una casa; es un huevo diario, que se dice pronto...

El Picaza reanudó la marcha.

—T... tampoco nos vamos a morir sin la gallina, digo yo — dijo malhumorado.

La Desi sonrió. Llevaba unos días viviendo fuera de la realidad. Apenas ayudaba a la Marce por las mañanas en el barrido y, después de las comidas, a despachar la fregadera. El resto del día era suyo y si no lo destinaba a charlar con la Marce sobre el porvenir, salía de paseo con el Picaza, o proyectaba su ajuar. A veces bajaba sola a su piso y desplegaba sobre el catre sus tesoros: dos mudas, dos toallas, tres sábanas y la colcha azul. Lo contemplaba extasiada, confrontaba la calidad de los tejidos con los dedos y por último se decía con íntima satisfacción: "Bien mirado no hay ni una sola cosa fea".

A los dos días de marchar el viejo, la Desi, la muchacha, adquirió unas bragas de nylon y un almohadón. Después de la cena la dijo a su compañera:

—Marce, guapa, ¿me enseñas de un momento a hacer la vainica?

A la Marce la descomponían los preparativos de la Desi. El cabo Argimiro no se explicaba y a menudo la chica pensaba que si salía con ella era sólo por pasar el rato:

—No te han entrado a ti pocas prisas, maja.

—A ver, Marce, él cumple dentro de un año y tres meses — decía con el rostro radiante —: El tiempo se va sin sentir, ni te das cuenta.

Una tarde, la Marce la enseñó a hacer vainica y la Desi, la muchacha, pasaba desde entonces las horas muertas sobre la labor. Por la noche, se acostaban en la misma cama y la Desi la hacía confidencias. Una vez, la Desi la preguntó extrañada: "¿Tú no rezas, Marce?". La otra casi se enfadó: "¿Para qué? ¿Para que no me roben? Pierde cuidado, maja, hoy nadie quiere alhajas con dientes". Pero a la Marce la enconaba sobre todas las cosas que el Picaza hubiese hablado de matrimonio a la Desi. A la Tasia la decía: "Las hay que nacen de pie, ¿qué puede ver un hombre en esa facha, como yo digo?". Pero a la Desi la decía: "Desi, maja, que digas que tú eres como eres, pero lo que es yo todavía no he mirado a un raso a la cara". La Desi, la muchacha, se encogía en la cama para hacerla sitio: "No todos van a ser jefes, Marce, guapina, compréndelo; después de todo, una tampoco es una señora".

En otras ocasiones, la Marce se mostraba aún más cruel: "Vete a saber que ves en él, maja, ¡madre, un hombre que no sabe hacer una O con un canuto!". La Desi no se achicaba: "El Picaza lee de corrido, Marce, para que te enteres", decía. Pero la Marce, que en enaguas era como un queso temblón, añadía moviendo dubitativa la cabeza: "Paja no sé si comerá, pero cebada seguro".

Algunos días bajaban juntas al piso vacío del viejo Eloy y la Marce husmeaba en todos los rincones, se introducía en la habitación del señorito, abría y cerraba muebles y levantaba agrios comentarios: "¿Ésta es

la difunta?", preguntaba señalando un retrato. La Desi
sonreía: "A ver". La Marce hacía un mohín de desprecio: "Vaya cara de perro, maja; suerte has tenido
en no conocerla". La Desi no contestaba. Otras veces
la Marce la hacía objeto de un ataque directo y personal: "¡Qué suelos, maja!, para meter el arado". "¿A
qué ton sales con eso ahora, Marce?", inquiría la Desi
ingenuamente. La Marce reía: "Por lo limpios, no te
amuela". La Desi se avergonzaba y explicaba que el
señorito no era exigente y un día por otro iba dejando
las cosas por hacer. Entonces la Marce estallaba: "Para
lo que te paga, de más, porque, vamos, a cualquiera
que le digas que por cuarenta duros sigues amarrada
al viejo no te lo cree". La Desi trataba de justificar al
señorito, pero la Marce no la daba tregua: "Que te
haga ropa, que se rasque el bolso el roñoso de él". La
Desi cambiaba de rumbo y sacaba a colación su próxima boda, pero, en esos casos, la Marce se encerraba
en un hermético mutismo o, si abría la boca, era solamente para escarnecerla.

De ahí que la Desi, la muchacha, aun de una manera intuitiva, procurara pasar en la calle el mayor
tiempo posible. Con el Picaza salía cada tarde y, al
anochecer, el muchacho procuraba arrastrarla a lo oscuro aunque ella se resistía. Sin embargo, si el Picaza
mentaba la boda la chica se quedaba como hueca y
perdía la voluntad y el dominio de sí misma y aun el
sentido del riesgo. Amartelados en un banco en penumbra, con el corazón hinchado por la esperanza la chica
hilvanaba proyecto tras proyecto:

—Hay que armarla sonada, Picaza. El Boliche que
no vaya, la orquesta esa no vale dos reales.

—P... por mí, yo no corro por el baile, ya lo sabes.

Se hacía un silencio:

—¿Te casarás con el caqui, Picaza?

—A... ver, me ahorro un corte, ¿no?

—Para quieto, deja las manos.

—D... digo que tampoco estaría mal la fiesta en el soto.

—Para quieto, Picaza.

—Cl... claro que allí baja todo Dios, los críos y todo y te...

La chica se ponía en pie de un brinco:

—¡Se acabó! ¿Es que no vas a aprender nunca a dejar quietas esas condenadas manos?

De ordinario, sus paseos vespertinos concluían así. La chica que, generalmente, si el Picaza mentaba la boda, permanecía sumisa e indefensa, terminaba por sentir un puntazo en la nuca si el muchacho se excedía en sus audacias, talmente como lo sentía en la iglesia de San Pedro los domingos cuando el monaguillo agitaba la campanilla. La chica atribuía este fenómeno a la intervención sobrenatural de la Virgen de la Guía y por las noches la daba gracias arrodillada a los pies de su catre. Al Picaza, no obstante, parecía atraerle ahora la entereza de la muchacha. No le tomaba a mal sus desaires y si ella se plantaba y decía a pasear, él la obedecía dócilmente, y si ella decía al "Paipai", pues al "Paipai", y si ella le decía a cantar "El Relicario", pues a cantar "El Relicario" y, en cualquier caso, nunca escatimaba el detalle de la peseta de pipas de girasol o de castañas asadas. La Desi vivía en un nebuloso estado de exaltación y únicamente, de tarde en tarde, recordaba al señorito y se decía con secreta ternura: "¿Qué se hará a estas horas? Habrá que verle tan chulo por Madrid". Pero, por lo general, no tenía ojos ni oídos más que para el Picaza.

Una mañana el muchacho la sacó al vermú y la chica regresó trasfigurada:

—Marce, no te imaginas cómo estaba la calle y los bares y todo. ¡Madre, el personal! Si parecía fiesta.

La Marce se engalló:

—Ni que acabaras de llegar del pueblo, maja.

La Desi calló para no confesar que era la primera vez en tres años que salía de casa a esas horas.

Otro día hizo una escapada con la Marce para ver regresar al Picaza de la instrucción. Los reclutas andaban cansinamente, levantando una nube de polvo, y cantando desafinadamente una marcha militar, mas la voz del Picaza sobresalía de las demás voces y la Desi se estremeció toda y oprimió el brazo de su amiga y balbució: "Mírale, Marce, que requetemajo va". La misma ternura la invadía cada sábado, al restregar en la pila la camiseta y los calzoncillos del muchacho y, en esos casos, se juraba que así se la diera ponerle las piernas derechas al Picaza o alargarle la nariz, ella no lo haría porque en ese caso el Picaza dejaría de ser el Picaza y ella a quien quería era al Picaza con sus defectos y todo.

El domingo, diez días después de marchar el viejo Eloy, la Marce acordó con la Desi bajar al piso vacío el gramófono de su señorita y bailar allí. "Luego daremos un barrido y listo. El viejo tampoco se va a enterar", le dijo la Marce. Pero el cabo Argimiro y el Picaza quedaron a las cuatro y se retrasaban. Por llenar el tiempo, la Marce le dijo a la Desi que para la primavera se haría un traje marengo, pero la Desi desaprobó con un gesto y la Marce, dijo suficientemente: "Eso no se pasa, maja". Mas la Desi se obstinó:

—Perdona que te diga, Marce, pero para mí el marengo ni es color ni es nada.

Las fofas carnes de la Marce retemblaron como electrizadas:

—¡Qué sabrás tú! Mi señorita lo lleva y no me irás a decir ahora que mi señorita no viste.

Por disimular su sofoco se levantó y puso el gramófono en marcha.

La Desi, sentada en una silla de la sala, las manos superfluas sobre el regazo, porfió:

—Eso, el color de las señoritas que es, y que lo digas. Las señoritas se han aburrido de todo y a ver, visten de aburridas.

Entonces la Marce voceó que llevaba el pueblo metido en la sangre y la Desi replicó que sobre gustos no había nada escrito y esto acabó de irritar a la Marce quien la dijo, levantando la voz por encima de la música, que era más bruta que la pila de un pozo y que, después de todo, nadie la había pedido parecer.

Durante media hora estuvieron oyendo la música sin hablarse. Finalmente la Desi se volvió a su amiga y la dijo tocándole tímidamente su blanco y esponjoso brazo, que eran más de las cinco y si les habría ocurrido algo. La espera iba haciéndose tensa y a las cinco y media las dos muchachas se asomaron al balcón. La Marce dijo que siempre se le habría ocurrido al Picaza una de las suyas, pero la Desi dijo que lo de la veta era cosa pasada y que nunca en la vida le vio ella tan formal y que lo único un arresto. Cuando dieron las seis en el reloj de San Ildefonso, la Marce insinuó que era preferible lanzarse a la calle y que algún compañero las informaría. Y cuando andaban decidiendo llegó el cabo Argimiro desgreñado, el semblante amarillo, la gorra en la mano y pidió un vaso de agua y se sentó derrumbado en el taburete de la cocina y la Desi, la muchacha, dio la luz porque ya anochecía y porque intuyó que de esta manera hacía menos sombríos los acontecimientos por venir. Y la Marce zarandeó al Argimiro por los hombros y le voceó:

—¡Habla, coña! ¿Qué demontres ha pasado?

Entonces el cabo Argimiro rompió en un chorro de incoherencias, mas, poco a poco, sus palabras se engranaban y cobraban un sentido y dijo que todo había sido donde la Caprichitos, con una de las chicas, pero que si el Picaza no se tropieza con la rata muerta en la calle no hubiera sucedido nada, pero agarró la rata del rabo y cuando llamaron salió la Domi, la tuerta, y entonces el Picaza la arrimó la rata a la cara y la chica se arrancó a llorar y le voceó que eso a la zorra de su madre, y el Picaza, de que ella le mentó a su madre, que retirase esas palabras, pero la chica andaba loca y le voceó otra vez que eso a la zorra de su madre, y él que retirara esas palabras, y la chica que a la zorra de su madre y que a la zorra de su madre, y él que retirara esas palabras y ella dale que le das hasta que el Picaza, que llevaba dos copas de más, se cabreó, abrió la navaja y la degolló allí mismo, en el umbral en menos de lo que se tarda en decirlo.

Se alzó un lóbrego silencio y, al cabo, se oyó la voz de la Desi, la muchacha, como un siseo:

—¡Virgen!...

Parecía una estatua de sal, el dedo rígido cruzando los labios, los ojos desorbitados. Agregó Argimiro:

—La tía sangraba como un cerdo. ¡Madre, qué espectáculo!

Se cubrió los ojos con las manos y el silencio se prolongó unos minutos. El ronco sollozo de la Desi removió lo más profundo de sus entrañas. Acto seguido se arrancó a gemir, y a llorar, y a implorar, pero la Marce se acercó a ella y la sacudió por el brazo despiadadamente:

—Con eso no adelantas nada, Desi, ¡calla la boca!

Mas la Desi clamaba que era él lo único que la quedaba en el mundo y que era más bueno que todas las cosas y entonces la Marce la dijo furiosamente, tratando de dominar su histerismo, que eso no, que el Picaza fue siempre un comprometedor, que no hacía más que comprometer y que había pasado lo que tenía que pasar. La Desi, de pronto, se soltó y la miró lejanamente, como a una desconocida, y, luego, sollozó, de nuevo, y, de pronto, terció Argimiro y dijo que por lo que respectaba al Picaza se había quedado tranquilo en la Prevención, pero que lo más fijo es que le juzgaran por lo militar y le cayeran una pila de años. A la Desi, la muchacha, la fallaba el mundo y el universo y gritó agudamente, y empezó a decir que era la veta y que ella le diría al señor juez que era la veta, y la Culohueco y hasta el señor cura vendrían del pueblo a certificar que era la veta y ellos mismos podían decir que era la veta pues cuando no, el Picaza tenía buenas entrañas, pero la Marce la sujetó por los brazos y la dijo crudamente:

—La veta, la veta, siempre andas con la coña la veta a vueltas, maja; que es un comprometedor, eso es lo que le ha perdido, Desi, métetelo en la cabeza.

La Desi la propinó un empujón y sin conciencia

de lo que hacía se lanzó escaleras abajo y, ya en la calle, notó la caricia del último frío del invierno y, según corría, los latigazos acerbos de los escaparates y lós parpadeos multicolores de los luminosos, y los ojos atónitos de los transeúntes y las voces y los ladridos y las campanas y el zumbido incesante de la ciudad ociosa, la fustigaban el rostro, mas ella no lo advertía, ni advertía la loca carrera en sus músculos, ni en sus pulmones, a pesar de ser corta de respiración como decía la Caya, y cuando accedió al juzgado, la desesperanza, la fatiga y el miedo descendieron simultáneamente sobre ella y apenas acertaba a hablar y cuando, al fin, se explicó, la dijo el policía que suerte que aún el señor juez no le había incomunicado y que lo más probable, tratándose de un militar, era que el asunto pasara a Capitanía pero que podía bajar un momento, y que se despidiera porque la cosa era fea e iba a tardar en verle.

Ahora la Desi, la muchacha, se ahogaba al descender los húmedos escalones, sintiendo a dos palmos de su cabeza el techo abovedado, y temerosa aún de que la dejaran ver al Picaza, saludó a la pareja de la Policía Armada con una sonrisa reverenciosa y uno de ellos la condujo ante el muchacho, que fumaba, con la nueva boquilla, sentado en una silla, con gesto altanero y desafiante.

El Picaza no se inmutó al verla. Dijo la Desi con voz quebrada:

—Picaza, ¿qué es lo que has hecho, Picaza, di?

Él fumaba sin cesar. Dijo, la mirada hundida, con cierto orgullo:

—Y... ya lo ves.

—Picaza, ¿no ves que te has perdido?

Él callaba. La Desi se ofuscó. Agregó sollozando:

—¿Qué te se había perdido a ti donde esas mujeres, Picaza, di? ¿Qué pintabas tú allí?

El Picaza levantó los ojos, unos ojos todavía revueltos e incisivos:

—L... la marrana mentó a mi madre, y eso no.

La chica insistió:

—¡Qué pintabas allí! ¿Di?

—Y... ya lo ves.

La chica se impacientaba. Miró de reojo a la pareja, bajó la voz y dijo gravemente:

—¿Les has dicho ya lo de la veta, Picaza? — dijo —. ¿Se lo has dicho?

Él dio una profunda chupada al cigarrillo y no contestó. La Desi, entonces, se adelantó, le agarró crispadamente por los brazos y empezó a zarandearle:

—¿Qué tenías tú que hacer allí, Picaza, con esas mujeres? ¿Qué pintabas tú allí, di?

Le cayó la lumbre del cigarrillo sobre el pantalón, y el Picaza se desasió de un brazo y se sacudió las ascuas, a manotazos.

La Desi le contemplaba paralizada, con un tierno, desesperado estupor, pero cuando el guardia se aproximó y la tomó por un brazo y la dijo: "Vamos", la muchacha experimentó una sacudida y pretendió arrastrar al Picaza consigo, mas el muchacho tiraba de un lado y el guardia del otro y, al fin, ella le soltó y, en ese instante, creyó enloquecer y volvió la sucia cara y voceó entre las lágrimas:

—Si necesitas algo, Picaza, manda razón, ¿oyes? La ropa o lo que sea, Picaza.

Se la quebró la voz, pero se rehízo y chilló aún con mayor aflicción conforme ascendía las escaleras:

—¡Picaza, ¿no ves que te has perdido? ¿Qué pintabas tú, Picaza, donde esas mujeres?...! ¿Qué pintabas, di?

XXII

LAS crestas de granito desfilaban vertiginosamente detrás de la ventanilla y el viejo Eloy las contemplaba desde su asiento, con plebeya fascinación. El asiento era rígido y duro y él se sentó en el borde para proteger la próstata de su empuje, pero de este modo se le dormían los pies y de vez en cuando había de levantarse para estirar las piernas y facilitar la circulación. A menudo le asaltaba a contrapelo el recuerdo de Madrid y el viejo lo espantaba con un movimiento brusco de cabeza. En cambio, si pensaba en su casa, en la lumbre crepitante y en el taburete junto al fogón, sonreía de manera imperceptible, con esa sonrisa de los viejos más parecida a una mueca que a una sonrisa, y evocaba a la Desi con inefable ternura o imaginaba lo que haría si, al llegar a casá, la chica le había abandonado.

En fuerza de tratar de representársela, los rasgos de la muchacha se debilitaban y el viejo Eloy recreaba una figura ingrávida, dulcemente laboriosa y sumisa, casi angelical. Frente a él, dormitaba un campesino de manos rudas y la niña que le acompañaba pellizcaba, de cuando en cuando, un enorme pedazo de pan.

A Suceso, su nuera, la habló el viejo Eloy de la Desi tres días después de su indisposición y cuando la

dijo que cada tarde dedicaba un par de horas a ense-
ñar a la chica a leer y escribir, Suceso se reía a golpes
intermitentes, con un ritmo casi mecánico, y le preguntó a Leo que, como de costumbre, recostaba la
nuca sobre la oreja del sillón, porqué no la dijo nunca
que su padre fuese un hombre tan divertido. Pero, a
la larga, Suceso, su nuera, acabó cansándose de él:

—Eloy, no te esfuerces. No lograrás ponerte tan simpático como la otra noche — le decía.

En los días siguientes, Suceso se lo repitió varias
veces, aunque el viejo no trataba de ser simpático
sino de atraerse a su nuera y que ella le llamase padre. A ratos pensaba que si esto ocurriera podría ense-
ñarse a aquellas costumbres e incluso a vivir en aquella casa. Mas en el fondo sabía que tal cosa no era
factible ya que él constituía un estorbo, soportable
solamente por su carácter provisional.

Aún el viejo Eloy no había decidido regresar. Sufría
mucho en las sobremesas porque habituado a arrodi-
llarse después de las comidas las digestiones le pesa-
ban más de la cuenta. Pero él lo sobrellevaba todo
resignadamente en la esperanza de ver un día sonreír
a Leoncito o de que Suceso le llamara padre. Su hijo,
sin embargo, se mostraba cada día más reconcentrado
y hosco. En ocasiones la mañana transcurría en el
jardín sin que lograran encontrar un solo tema de conversación. El viejo Eloy había desistido de mostrarle
la medalla de su homenaje, pues Leoncito casi no hablaba y, si lo hacía, era para comunicarle sus sensa-
ciones indefinidas y desagradables. Él trataba por cualquier medio de estimularle:

—Tienes una hermosa carrera y una hermosa mujer y una hermosa casa, hijo — le decía —. ¿Qué más puedes pedir?

Leoncito ponía cara de repugnancia:

—Una hermosa carrera, ¡bah!, para lo que me vale. Piensa con la cabeza, padre. Yo agarro una testamentaría de cien millones, bueno ¿y qué? En cuanto a la cara bonita de mi mujer no sirve para atenuar uno solo de mis padecimientos, créeme.

El viejo se inclinaba hacia él:

—¿No será que tienes más de lo que podías desear, hijo?

Leoncito no contestaba, se pellizcaba una y otra vez el bigote nerviosamente con dos dedos y así dejaba pasar el tiempo contemplando pasivamente las crestas nevadas y brillantes de la sierra. Durante la comida, en cambio, platicaba extensamente con Suceso y con frecuencia lo hacían en francés y si, en estos casos, su nuera se reía, el viejo Eloy experimentaba una borrosa sensación de malestar. Pero generalmente hablaban de automóviles y Suceso decía:

—Desde que cambié las bujías, cuesta arriba no me pasa un Rolls, Leo. ¿Cómo es posible que una cosa tan pequeñita tenga tanta importancia?

Leoncito la explicaba y ella seguía sus palabras con atención infantil. Cada mañana salía en el automóvil hasta la hora de almorzar. Un día regresó muy excitada:

—He topado a una tía coja, Leo. Se atravesó sin mirar. ¿Qué hará en la calle una tía coja, Leo, digo yo? ¿No se podía quedar en casita en lugar de salir a entorpecer la circulación?

El disgusto la duró toda la tarde y cada vez que el viejo Eloy trataba de entretenerla ella recordaba a la coja y se enfurecía. Al fin, el viejo determinó callar. Divisaba por el amplio ventanal la nítida nieve de las cumbres y, con la nieve, pensó en Goyito, su hijo menor, y el recuerdo cada vez más vívido afloró, remozado, a la mañana siguiente y como llegara a desbordarle, se lo comunicó a Leoncito con ánimo de repartir su carga, pero Leoncito la rechazó:

—Gregorio jugó su baza y perdió, padre, no le demos más vueltas — dijo.

El viejo suspiró:

—Era un idealista — apuntó tímidamente.

—¡Idealista, ja! Dejémonos de tonterías, padre. Él quiso hacer a tiros su carrera, como tantos otros porque era incapaz de agarrar un libro ni de mancharse las manos. Él era su ideal. Eso es, exactamente: él se defendía a sí mismo, luchaba por su propio provecho y se quedó allá, donde nadie le llamaba. A muchos les sucedió así.

Fue en ese instante cuando el viejo Eloy decidió regresar a casa. Su nuera le acompañó a la estación pero al despedirle le dijo Eloy y no padre como él deseara y él entonces pensó en la Desi y se angustió ante la idea de no encontrarla en casa. Ahora, al ver en el tren las bastas manos de la pequeña campesina arañando el pan, el viejo Eloy volvió a pensar en la Desi y a impacientarse ante la posibilidad de no hallarla. Pero sí la halló y sus ojos patéticamente vacíos se llenaron, de improviso, con el dolor de la muchacha:

—¿Qué ha ocurrido, hija?

Ella se arrancó a llorar:

—Él... ¡ya ve!

Difícilmente se mantenía en pie y por último se

arrojó sobre el pecho del viejo sollozando. El viejo Eloy dio un traspiés y apoyó la espalda en el tabique. Apenas conservaba fuerzas para sostenerse solo pero, en este trance, no podía abandonarla. La dejó llorar sobre él y, al cabo, la chica se lo contó todo. Él decía blandamente: "Vamos, vamos". Y ella decía acongojada: "Fue la veta, ¿sabe usted? Él tiene buenas entrañas, pero la veta le perdió". El viejo contemplaba atónito, por encima de la negra cabeza de la chica, su viejo hogar, con las viejas tablas, y los viejos muebles, y las viejas y vivas huellas y percibía, confusamente, su latido. Se sentía más firme y entero y casi fue feliz cuando dijo:

—Hija, ¿por qué no nos vamos al cine esta tarde tú y yo?

Ella se rehízo en un movimiento brusco. Sonrió cerrilmente entre las lágrimas:

—Sólo faltaría — dijo —. ¿Está mal de la cabeza?

—Vamos, arréglate.

—Será capaz.

—Anda, no me hagas hablar tanto.

La chica, ya en la penumbra de la sala, le dijo: "Vamos, señorito, que cualquiera que nos vea". Dijo el viejo, mientras forcejeaba para sacar el pañuelo: "Deja, hija". Y ella, más tranquila, se extasió ante las imágenes. Unas veces reía alto y otras se asía crispadamente a los brazos de la butaca. Poco a poco, se dejaba arrancar de su obsesión. Había pasado cinco días negros, buscando en vano un asidero que evitase su naufragio. La Marce no la servía ya. La Marce había insultado al Picaza y deseaba no volver a verla. Desde la tarde del crimen la Desi durmió sola en el piso y no sintió miedo de la Adriana, la resinera, ni de

Moisés, el mozo que se abrasó la cara en el horno de achicoria. Una tarde pretendió serenarse y extendió las prendas de su ajuar sobre su catre, pero la vista del almohadón con la vainica inacabada la revolvió el sentimiento y estuvo llorando más de cuatro horas seguidas estrujando la tela entre los dedos y sonándose con ella. Al día siguiente oyó a la Marce comunicarse con la Tasia por el patio de luces y la Marce gritó recio para que ella la oyera que el Picaza no sabía hacer una "O" con un canuto y era un cantamañanas y un comprometedor, que no hacía más que comprometer y que había acabado como tenía que acabar, pero ella, la Desi, se hizo violencia para no asomarse al balcón y lo consiguió. Tras su triunfo, la chica tuvo clara conciencia de que lo suyo con la Marce había terminado.

Fue dos días después de su regreso cuando el señorito la hizo la insólita proposición de ahorrar en las comidas y frecuentar más el cine. A la Desi, la muchacha, se la redondearon los ojos: "Mire, lo que es por mí". Y aquella misma tarde se enfundó de nuevo en la rebeca heliotropo y se perfumó el escote y se fue con el viejo a una sala del centro. La dijo el señorito aspirando con delectación: "Qué bien hueles, hija". Ella sonrió complacida. Caminaban en silencio y la Desi, al entrar en el cine, se azoró levemente para decirle: "Señorito, el pañuelo". Él se limpió y musitó un "gracias" inaudible. Ya en la butaca, la muchacha perdió la noción de la realidad. Vivía la farsa con sus cinco sentidos y a ratos sollozaba y a ratos reía frenéticamente golpeándose el muslo con la palma de la mano. La decía el viejo: "Modérate, Desi". Respondía ella sin mirarle: "Vamos, señorito, que el zángano ese del bigote tiene cada cacho golpe". Él la advirtió: "No me llames señorito, hija; eso en casa". La muchacha no respondió. A la salida le dijo: "Ande, señorito, que no hace falta valor para pegarse esos besos delante de la gente". "¿Qué besos, hija?", preguntó él. "¡Otra! Los del cine —añadió la muchacha—: El Picaza decía... el Picaza decía que todas las del cine son toreras, ya ve". El viejo Eloy meneó la cabeza: "No generalices, Desi". Ella abrió mucho los ojos: "No ¿qué?". Aclaró el viejo: "Generalices, hija. No todas van a ser iguales". La chica levantó los hombros. Al cabo se detuvo, la mirada prendida en el muro ciego. Dijo:

—Señorito, ¿qué dice ahí?

El viejo carraspeó banalmente:

—Dice —dijo—, "Prohibido fijar carteles y jugar a la pelota".

—¿Y debajo?

Él entrecerró los ojos. Dijo:

—No me alcanza la vista, hija.

Ya en casa comentaban las incidencias de las películas. La Desi decía "él" y "ella" para referirse a los protagonistas y del traidor decía siempre "el pelado ese". Inquiría el viejo: "¿Qué pelado, hija?". Ella se sofocaba: "¡Ande, no se haga ahora de nuevas!".

Dos días después llegó la primavera y el viejo la dijo a la muchacha que para celebrarlo cenaría con ella en la cocina como el día de Nochebuena. La Desi se ofuscó:

—¿Está usted en sus cabales?

Insistió él:

—Vamos, hija, apura.

Ella le observaba con ojos atónitos, las bastas manos cruzadas sobre el regazo:

—No empiece — dijo.

El viejo no la oía. Hurgó en la cartera y la alargó un billete:

—Llégate a la cantina y sube una botella, anda.

La Desi no se movió.

—¿No oyes? — insistió él, limpiándose la nariz.

La chica tomó el billete.

—Le advierto — dijo — que no tengo el cuerpo para fiestas.

El viejo se alteró todo:

—No se trata de eso ahora, hija — dijo —. Haz lo que te digo.

Y cuando bebieron dos vasos, la chica rompió a reír y le dijo que había pensado días atrás que no volvería a reírse como lo estaba haciendo, pero que hallándose él en casa no se sentía tan sola. Entonces el viejo la explicó que él ya nació solo, porque a su padre le enterraron cuando su madre le estaba alumbrando y que peor todavía que lo suyo fue lo que le sucedió al rey.

La chica dijo:

—No empiece con sus pitorreos.

Agregó monótonamente el viejo:

—No bromeo, hija. Cuando el rey nació hubieron de envolverle en pañales negros. Ya ves, hija, un hombre que tenía de todo, en cambio no tenía padre. Así son las cosas.

Levantó la cabeza y advirtió el torpor y la audacia del alcohol operando sobre él y le preguntó a la muchacha si sabía los segundos que vivía un hombre y sin aguardar respuesta bebió otro trago y, después, otro y, entonces, pensó que lo importante en la vida era tener calor, pero que el hombre precisa dos calores, pero que, puestos a ver, los dos calores eran un solo calor y por esta simple razón el hombre inventó el fuego y una vez inventado todo iba bien, y los hombres se reunían en torno y apareció una intimidad que provenía de las llamas e iba a las llamas después porque aquello era un doble calor, un extraño calor de ida y vuelta. Quiso explicar aquello a la Desi pero sus palabras surgían enrevesadas y sin sentido.

La chica le miraba atentamente, sin comprenderle y por un instante pensó en el Apolinar, el primo del Eutropio, su cuñado, que se chaló porque el campo le asfixiaba y en la ciudad no le salía ninguna proporción, mas inmediatamente alargó la mano y separó la botella del alcance del viejo. Dijo autoritaria:

—Usted no prueba una gota más, vaya.

El viejo reposó sus ojos fatigados en la muchacha:

—Desi, hija, eso no viene a qué.

Hubo un silencio durante el cual se oyó, con breves intermitencias, el gotear del grifo en la pila. Al fin el viejo se arrancó y su voz brotaba como un chorro delgado pero firme y empezó a decir que los hombres creyeron que con meter el calor en un tubo habían resuelto el problema y en realidad no hicieron sino crearle porque era inconcebible un fuego sin humo y de esta manera la comunidad se había roto.

Su absorbente mirada enloquecida se clavaba pesada y contumaz en la muchacha, pero ella no experimentaba miedo ahora sino una pungente compasión y cuando el viejo la sujetó por el brazo crispadamente y la pidió a gritos que no le abandonase, ella, la chica, dijo serenamente:

—¡Otra! ¿Habló alguien de marcharse?

Él añadió:

—Hija, ¿por qué no hemos de compartir lo poco que yo tengo?

La frente de la muchacha se plegó en una profunda, solitaria arruga horizontal. Dijo:

—¿Puede saberse con qué se come eso, señorito?

Agregó el viejo como si no la oyera:

—Tendrás estorbo por poco tiempo, hija. A mí me ha salido ya la hoja roja en el librillo de papel de fumar.

Ella alzó los hombros aturdida:

—Como no se explique más claro...

Aún insistió el viejo:

—El día de mañana estos cuatro trastos serán para ti — y respiró fuerte.

Ella vaciló y, finalmente, tomó un vaso y lo apuró hasta el fondo. Al terminar, sus manos temblaban y en sus ojos obtusos se había hecho repentinamente la luz. Puesta en pie, miró dócilmente al viejo, que también se había levantado, y sus ojos se llenaron de agua. Dijo apenas con un hilo de voz:

—Como usted mande, señorito.

Colección Destinolibro

LUIS RICARDO ALONSO
119 El Supremísimo

FERNANDO ARRABAL
202 Baal Babilonia
227 Tormentos y delicias
de la carne

GABRIEL G. BADELL
110 De Las Armas a Montemolín

SAUL BELLOW
19 Herzog
79 Las memorias de Mosby
y otros relatos

JUAN BENET
162 Volverás a Región

PAUL BOCUSE
243 La cocina del mercado 1
244 La cocina del mercado 2. Postres

HEINRICH BÖLL
169 El tren llegó puntual

LOUIS PAUL BOON
72 El camino de la capillita

EMILY BRONTË
22 Cumbres borrascosas

LOTHAR-GÜNTHER BUCHHEIM
36 Picasso

MIJAÍL BULGÁKOV
17 La guardia blanca

ITALO CALVINO
84 Marcovaldo

JOSÉ LUIS CANO
10 García Lorca
188 Antonio Machado

BERNARDO V. CARANDE
90 Suroeste

JOSÉ MARÍA CARRASCAL
138 Groovy

J. L. CASTILLO-PUCHE
123 El vengador
207 Sin camino
238 Ramón J. Sender: el distanciamiento
del exilio

CAMILO JOSÉ CELA
4 La familia de Pascual Duarte
27 El gallego y su cuadrilla
45 Pabellón de reposo
58 Mrs. Caldwell habla con su hijo
70 Judíos, moros y cristianos
113 Nuevo retablo de Don Cristobita
139 Las compañías convenientes y
otros fingimientos y cegueras

C. W. CERAM
12 Dioses, tumbas y sabios
29 El misterio de los hititas

GILBERT CESBRON
26 ¡Soltad a Barrabás!
116 Verás el cielo abierto

JOSEPH CONRAD
158 Freya, la de Las Siete Islas
186 El Hermano de la Costa

ÁLVARO CUNQUEIRO
34 Las crónicas del sochantre
143 Un hombre que se parecía a Orestes
164 Merlín y familia
204 Vida y fugas de Fanto Fantini

MIGUEL DELIBES
8 Las ratas
31 Mi idolatrado hijo Sisí
44 Diario de un emigrante
56 Diario de un cazador
67 Un año de mi vida
73 La sombra del ciprés es alargada
100 El camino
108 Dos días de caza
144 Cinco horas con Mario
151 La hoja roja
179 Aún es de día
181 El otro fútbol
196 Las guerras de nuestros antepasados
203 El príncipe destronado
214 Parábola del náufrago
231 Aventuras, venturas y desventuras
de un cazador a rabo
242 La primavera de Praga
250 Con la escopeta al hombro

FIODOR DOSTOYEVSKI
37 El jugador

JESÚS FERNÁNDEZ SANTOS
35 Los bravos
173 Libro de las memorias de las cosas

RAMÓN GARCÍA DOMÍNGUEZ
237 Miguel Delibes: un hombre,
un paisaje, una pasión

EUSEBIO GARCÍA LUENGO
220 Extremadura

F. GARCÍA PAVÓN
1 Las Hermanas Coloradas
3 El rapto de las Sabinas
6 Nuevas historias de Plinio
24 Cuentos republicanos
81 El reinado de Witiza
93 El último sábado
109 Los liberales
245 Cuentos de mamá
252 Una semana de lluvia

JOHN GARDNER
134 Grendel

LUIS GASULLA
52 Culminación de Montoya

M. L. GHAROTE
221 Guía práctica del yoga

J. A. GIMÉNEZ-ARNAU
120 Línea Siegfried

JOSÉ MARÍA GIRONELLA
91 Un hombre

RAMÓN GÓMEZ DE LA SERNA
97 Museo de Reproducciones
125 El doctor Inverosímil

JUAN GOYTISOLO
39 Juegos de manos
63 Duelo en El Paraíso

140 Fiestas	**GERTRUD VON LE FORT**
172 El circo	222 La última del cadalso
ALFONSO GROSSO	**JESÚS LÓPEZ PACHECO**
178 La zanja	184 Central eléctrica
JACINTO-LUIS GUEREÑA	**ARMANDO LÓPEZ SALINAS**
206 Miguel Hernández	41 La mina
RAÚL GUERRA GARRIDO	**BERNARD MALAMUD**
142 Lectura insólita de «El Capital»	61 El sombrero de Rembrandt
JAROSLAV HAŠEK	**THOMAS MANN**
88 Las aventuras del valeroso	69 La muerte en Venecia
soldado Schwejk. 1	**JORGE MARÍN**
89 Las aventuras del valeroso	33 La Venus de Trafalgar Square
soldado Schwejk. 2	**J. L. MARTÍN DESCALZO**
201 El comisario rojo	183 La frontera de Dios
HISTORIA GENERAL	**CARMEN MARTÍN GAITE**
DE LAS CIVILIZACIONES	18 Entre visillos
59 Oriente y Grecia antigua. I	62 Retahílas
60 Oriente y Grecia antigua. II	63 Fragmentos de interior
75 Roma y su Imperio. I	135 El cuarto de atrás
76 Roma y su Imperio. II	163 Macanaz, otro paciente
85 La Edad Media. I	de la Inquisición
86 La Edad Media. II	176 La búsqueda del interlocutor
98 Los siglos XVI y XVII. I	y otras búsquedas
99 Los siglos XVI y XVII. II	239 El cuento de nunca acabar
114 El siglo XVIII. I	**ANA MARÍA MATUTE**
115 El siglo XVIII. II	7 Primera memoria
154 El siglo XIX. I	42 Los soldados lloran de noche
155 El siglo XIX. II	51 Los niños tontos
167 La época contemporánea. I	101 La trampa
168 La época contemporánea. II	106 Fiesta al Noroeste
HISTORIA GENERAL	141 Los Abel
DEL SOCIALISMO	149 Los hijos muertos
212 De los orígenes a 1875. I	161 El tiempo
213 De los orígenes a 1875. II	165 Algunos muchachos
224 De 1875 a 1918. I	**DOLORES MEDIO**
225 De 1875 a 1918. II	74 Nosotros, los Rivero
229 De 1918 a 1945. I	228 Diario de una maestra
230 De 1918 a 1945. II	**CZESLAW MILOSZ**
235 De 1945 a nuestros días. I	124 El poder cambia de manos
236 De 1945 a nuestros días. II	**IRIS MURDOCH**
SEBASTIÁN JUAN ARBÓ	82 La máquina del amor
248 Sobre las piedras grises	sagrado y profano
VICTORIA HOLT	249 El príncipe negro
28 La señora de Mellyn	**V. S. NAIPAUL**
102 La mujer secreta	137 En un Estado libre
131 El rey del castillo	**RÓMOLA NIJINSKY**
153 La confesión de la reina	192 Vida de Nijinsky
177 Las arenas movedizas	**ZOÉ OLDENBOURG**
193 La sombra del Lince	118 La piedra angular
199 La Noche de la Séptima Luna	**MANUEL OROZCO**
PIERRE HONORÉ	233 Manuel de Falla
182 La leyenda de los dioses blancos	**GEORGE ORWELL**
ERNST JÜNGER	23 Rebelión en la granja
251 Sobre los acantilados de mármol	43 Mi guerra civil española
ARTHUR KOESTLER	54 1984
20 El cero y el infinito	127 ¡Venciste, Rosemary!
CARMEN LAFORET	160 Subir a por aire
11 La llamada	174 La marca
38 La isla y los demonios	189 El camino de Wigan Pier
57 Nada	197 Sin blanca en París y Londres
HUBERT LAMPO	216 Diario de guerra
150 El advenimiento de Joachim Stiller	219 Una buena taza de té

TOMAS Y TERESA PAMIES
95 Testamento en Praga
CESARE PAVESE
241 El bello verano
JOSEP PLA
107 Viaje en autobús
191 La calle Estrecha
232 Humor honesto y vago
THEODOR PLIEVIER
87 Moscú
BALTASAR PORCEL
9 China: una revolución en pie
LAURENS VAN DER POST
205 Feliz Navidad Mr. Lawrence
218 Aventura en el corazón de África
ELENA QUIROGA
136 La sangre
198 Viento del Norte
T. LOBSANG RAMPA
2 El tercer ojo
13 El médico de Lhasa
25 Historia de Rampa
48 La caverna de los antepasados
53 La túnica azafrán
64 La sabiduría de los antepasados
77 El ermitaño
129 Tú, para siempre
CAROLYN RICHMOND
166 Un análisis de la novela
«Las guerras de nuestros
antepasados» de Miguel Delibes
DIONISIO RIDRUEJO
105 Castilla la Vieja. 1. Santander
117 Castilla la Vieja. 2. Burgos
122 Castilla la Vieja. 3. Logroño
130 Castilla la Vieja. 4. Soria
157 Castilla la Vieja. 5. Segovia
159 Castilla la Vieja. 6. Avila
210 Sombras y bultos
CARLOS ROJAS
195 El ingenioso hidalgo y poeta
Federico García Lorca
asciende a los infiernos
LUIS ROMERO
132 La noria
ÁLVARO RUIBAL
187 León
GERMÁN SÁNCHEZ ESPESO
78 Narciso
RAFAEL SÁNCHEZ FERLOSIO
16 El Jarama
47 Alfanhuí
HARRY SCHRAEMLI
171 Historia de la gastronomía
RAMÓN J. SENDER
5 El rey y la reina
15 Réquiem por un campesino
español
21 Carolus Rex
32 El lugar de un hombre
50 El bandido adolescente

68 Porqué se suicidan las ballenas
71 Imán
80 Las Tres Sorores
(Siete domingos rojos)
92 Luz zodiacal en el parque
96 Saga de los suburbios
103 Una hoguera en la noche
111 La muñeca en la vitrina
121 Cronus y la señora con rabo
126 La efemérides
133 El Oso Malayo
148 Orestíada de los pingüinos
152 Chandrío en la plaza de las Cortes
156 Memorias bisiestas
170 Epílogo a Nancy
180 El jinete y la yegua nocturna
185 La kermesse de los alguaciles
200 El fugitivo
211 Nocturno de los 14
215 Hughes y el once negro
234 Novelas del otro jueves
240 La esfera
247 El alarido de Yaurí
253 Las criaturas saturnianas
FERRAN SOLDEVILA
46 Síntesis de historia de Cataluña
JOAN TEIXIDOR
223 Viaje a Oriente
GONZALO TORRENTE BALLESTER
14 Don Juan
94 La saga / fuga de J. B.
128 Off-side
145 Teatro I
146 Teatro II
175 Fragmentos de Apocalipsis
194 Ensayos críticos
208 El Quijote como juego
y otros trabajos críticos
226 La Isla de los Jacintos Cortados
TU XI
217 Cien recetas de comida china
FRANCISCO UMBRAL
30 Memorias de un niño de derechas
40 Retrato de un joven malvado
49 Diario de un snob
55 Las ninfas
65 Mortal y rosa
112 La noche que llegué al Café Gijón
MARÍA DE LA LUZ URIBE
209 La Comedia del Arte
PEDRO VERGÉS
147 Sólo cenizas hallarás. (Bolero)
MANUEL VICENT
246 Ángeles o neófitos
J. VICENS VIVES
104 Noticia de Cataluña
AMBROISE VOLLARD
190 Memorias de un vendedor de cuadros
VIRGINIA WOOLF
66 Flush